燒不死的鳥
就是鳳凰

兩代人的溫情與苦難
在生命的絳霞中尋找重生之光

席立娜 著

在苦難的年代,活著都是不易的事,更何況是人性!
寫女子的不幸、母親的艱辛、家庭的溫情、生死的感悟

「鳳凰是人世間幸福的使者,每五百年,
牠就要背負著累積於人世間的所有不快和仇恨、恩怨,
投身於熊熊烈火中自焚,以這種方式換取人世的祥和和幸福。」

目錄

重生的力量	009
自序　我只能像星星一樣散發微弱光芒	011
一　跳樓	015
二　渣男	018
三　天堂	020
四　家鄉	022
五　大遷移	024
六　自由	027
七　村莊	029
八　活著	031
九　鳳凰	033
十　四十歲	038
十一　懷孕	041
十二　小妹妹	044
十三　饅頭	046
十四　地瓜	049

| 十五 孤獨 …………………………………… 051
| 十六 可愛女子 ………………………………… 053
| 十七 甜草根 …………………………………… 055
| 十八 棺材本 …………………………………… 057
| 十九 榆樹葉 …………………………………… 060
| 二十 炸藥 ……………………………………… 062
| 二十一 民宿 …………………………………… 067
| 二十二 下山 …………………………………… 071
| 二十三 男同事 ………………………………… 074
| 二十四 一見鍾情 ……………………………… 076
| 二十五 愛情 …………………………………… 079
| 二十六 郝思嘉 ………………………………… 082
| 二十七 點歌 …………………………………… 086
| 二十八 長青 …………………………………… 089
| 二十九 結婚 …………………………………… 094
| 三十 本命年 …………………………………… 100
| 三十一 女兒 …………………………………… 107
| 三十二 時間 …………………………………… 110
| 三十三 鉅款 …………………………………… 113
| 三十四 勇氣 …………………………………… 118

三十五	看病	123
三十六	父親	128
三十七	外號	131
三十八	奶奶	136
三十九	迷茫	139
四十	吹風機	142
四十一	弟弟	145
四十二	改嫁	147
四十三	老鼠	150
四十四	著火	153
四十五	錶	157
四十六	離婚	160
四十七	春天	163
四十八	知心	166
四十九	沒有爸爸	168
五十	讀書人	171
五十一	繼父	173
五十二	讀書	175
五十三	新衣	178
五十四	後奶奶	180

五十五	癯癌	183
五十六	麵包	185
五十七	李老師	188
五十八	爸爸	192
五十九	骨血	194
六十	砂石場	196
六十一	還債	199
六十二	賣青菜	202
六十三	蓋房	205
六十四	光棍	208
六十五	柿子	212
六十六	時代	215
六十七	院子	218
六十八	爐灰	221
六十九	過繼	224
七十	身孕	227
七十一	暴雨	230
七十二	死嬰	233
七十三	青蛇	236
七十四	大出血	238

七十五　賺錢 …………………………… 244

七十六　巴士 …………………………… 249

七十七　醫院 …………………………… 252

七十八　確診 …………………………… 255

七十九　目送 …………………………… 258

八十　　當小姐 ………………………… 262

八十一　好女孩 ………………………… 266

八十二　嫁人 …………………………… 269

八十三　疫情 …………………………… 272

八十四　七夕 …………………………… 275

八十五　睡一覺 ………………………… 277

八十六　壽衣 …………………………… 280

八十七　喪父 …………………………… 282

八十八　祭奠 …………………………… 285

八十九　上墳 …………………………… 288

九十　　回家 …………………………… 293

目錄

重生的力量

　　我與席立娜相識於導演楊潔的追悼會，後來又參加了她主持的「讀書匯」節目，我發現她對工作充滿了熱忱，讓「讀書匯」散發著書香與熱情。在這次活動中，我也有幸收到她剛剛出版的詩集《有你有春天》。我一直認為，想寫詩的人、能寫詩的人，一定是心靈深處有要放聲的歌。

　　其實，讓我特別感動的是看了她的一篇小品文：「……在上班的路上，看到並不相識的送葬車隊，她會開車默默地跟在後面，……怕超車，心裡還會為陌生的逝者送上默默的祈禱……」我在她這默默的相伴和默默的祈禱中，看到了她的善良，看到了她的深情。

　　席立娜跟我說，這本書都源於她對生活的感悟。一本能打動人心的書，一定源於生活，並透過作家的感悟而昇華。一本好書不僅包含酸甜苦辣，還能讓人讀出放棄與堅守。楊絳說：「默默無聞的老百姓，他們活了一輩子，就毫無價值嗎？從個人的角度來看，他們自己沒有任何收穫，但從人類社會集體的角度來看，他們的功績是歷代累積的經驗和智慧。」

　　在鳳凰涅槃傳說中，鳳凰是人世間幸福的使者，每五百年，牠就要背負著累積於人世間的所有不快和仇恨、恩怨，投身於熊熊烈火中自焚，以這種方式換取人世的祥和和幸

福。而每一本書也都是作家自身重生的過程。「重生」這兩個字，對生命有非常大的能量，如果你任何時候都認為現在的生命是重生的生命，那在生活中遇到的所有困難，就都會迎刃而解了。

　　席立娜告訴我，她寫這本小說時，曾在她的朋友群徵集小說名字。一個是偏消極、灑脫的書名，一個是鼓舞人心向上的書名。最後結果是，很多人選擇當那隻不屈不撓的鳳凰。我推薦這部小說，並期望讀者在這本書中有所收穫。

唐僧扮演者　汪粵

自序
我只能像星星一樣散發微弱光芒

「有的人二十五歲就死了，只是到七十五歲才埋葬。」這個句子，你是否讀過？

但是，親愛的朋友啊！說實在的，我非常願意這樣活著。在重複的平凡日子裡，在同一條軌跡中，體驗屬於我生命的花開花謝。

我每天上班都沿著高速公路向北。高速公路上，司空見慣，一隊打著雙黃燈的各種車型拼成的車隊，頭車由掛著黑色紗花的殯儀館車領隊。那時，周圍的車輛都會主動拉開距離，頭車前面，也會有長長的空隙。早晨的繁忙、擁擠、喧囂，彷彿瞬間煙消雲散。每當那個時候，我都會有意尾隨，或超越所有車隊的車輛，開在頭車最前面，讓自己的速度更慢一些。我只希望那個即將化成雲煙的人，能夠感受到一個陌生人，在他離開人間時也送上了一程，讓他進入永恆時不傷心、不寂寞、不痛苦。

也許是我自作多情。但我希望自己像滿天繁星中的一顆，即使弱小又可憐，仍舊以自己散發出來的光，給予別人一絲溫暖，為別人照亮前行的道路或為迷失方向的人們導航。這也是我寫此書的目的。

一個人活到二十五歲時,是什麼樣子,跟他的原生家庭有千絲萬縷的關聯。能不能順利活到七十五歲,有時,還真不是他自己能控制的。寫下這段文字時,身為一個女性,我已經活到了四十幾歲,而且還很健康,自我感覺特別良好,也非常幸福。為什麼這樣說呢?因為我的親生父親在我三歲時就去世了。我那只有小學教育程度的母親,在養育我們的時候,從來沒有顧及我們的感受,有鄰居來家裡閒聊時,母親就會像演說家一樣,邊流淚邊大聲地跟別人說她和親生父親之間的過往,用鄰居的同情、附和,來慰藉她那顆傷痕累累的心。在那些重複的故事裡,身為孩子,我居然唯一感受到的是:我會像父親一樣,在二十多歲時,在工作之中睡著,然後在夢中離世。

　　可現在,我依舊健康地活著,我能不幸福嗎?

　　但幸福到底是什麼呢?人到中年的我,有時也會迷茫,也會徘徊。

　　在我的四十歲快要來臨時,愛寫詩歌的我,整理了自己從十歲至三十九歲之間的兩百首像日記一樣的詩歌,將它們出版,並取名為《有你有春天》,送給自己。受喜歡這些詩歌的朋友們的邀請,我會經常跟大家分享詩歌創作背後的故事。關於大家感興趣的「你幸福嗎?」的話題,我提起的開場白總是:「『幸福』就像某個電影鏡頭——幸福就是我餓了,看到別人手裡拿個肉包,那他就比我幸福;我冷了,看到別

人穿了一件厚棉襖,那他就比我幸福;我想上廁所,但就只有一間,你蹲在那裡了,那你就比我幸福。」

看,幸福多簡單。

此時此刻,我就很幸福。

因為我用一年的時間,把有點自傳性質的小說寫出來了,而且有了你的閱讀。就像前面說的那段電影鏡頭:「我有我親愛的母親經歷的那種愛時的生離死別,你沒有;我有我母親見證了一個國家從積弱到復興,她的那種滿足,你沒有;我用我的筆把這一切記錄了下來,你沒有。」但是,親愛的朋友,不要氣餒,今天我們以此書為緣相識一場,這也是一種幸福。

閱讀的你,我祝願我們都活成一顆閃亮的星星,有光,也有熱,並且,蒼穹因我們的存在而更加璀璨。

最後,親愛的朋友,讓我們一起相約七十五歲吧!等到那一天,也許你會說:「嗨!我的心,可還是和二十五歲時一樣年輕,我還想再多活五十年呢!」我的答案是:「沒有問題,加油!」

就將以上文字,作為本書的自序吧!有著作家夢的我,希望親愛的讀者們能喜歡這本書。同時,在這裡,感謝在我一路成長中所有給予我各種關懷的親朋好友,我愛你們!

自序　我只能像星星一樣散發微弱光芒

一　跳樓

「有人跳樓了！」樓梯間嘈雜的腳步聲和尖叫聲，讓我們這一群四十歲有加的中老年婦女們和帥氣的舞蹈男老師，共同停下了正在反覆練習的舞步。

隨著慌亂的人群，我也跑到了擁擠的樓梯間。這時，看到很多人已經擠在窗戶邊，有人低頭張望，有人掩面啜泣，有人交頭接耳地議論著。

「聽說，跳樓的，是在九樓公司上班的林子……」

「是啊！我還聽說，前一段時間她婆媳不和，老公也對她不好，好像得了產後憂鬱症……」

「前一段時間，她不是在家裡調養了嗎？怎麼才上班不到一週，又受到什麼刺激……」

「真可惜！太悲慘了……」

站在人群中，曾經罹患產後憂鬱症的我，第一次親歷別人跳樓自殺的事件，一種從未體驗過的驚恐感，瞬間像電流般漫布全身，但我依舊準備鼓起我最大的膽子，看看陌生的逝者。剛準備擠過人群看向窗外，手機突然不合時宜地響了……

「麗麗，快來，救救我吧……」

是我的好姐妹、從小一起長大的娜娜。我這邊驚魂未定，突然的來電內容，讓我差點把手機丟到樓下。

一　跳樓

「怎麼了？娜娜！」

「我好難過，麗麗，心裡很慌……」

「娜娜，我知道，妳慢慢說！」

「我快要死了，麗麗，我……此時活著……我感覺……找不到人生的價值和意義了……我憂鬱，我想出家……我想無痛苦地死亡……麗麗……妳是我唯一的救命稻草……快來救救我……救救我吧……」又是一個情緒憂鬱的人。

「別急，二十分鐘到妳家。」沒等聽完最後一個字，大汗淋漓的我，匆忙衝向衣櫃，歪七扭八地穿上運動服衝下樓。跳樓的人，已經被救護車抬走了，這是跟我無關的人，此時我已不太關心她的死活了。受這個事件的影響，我滿腦子的「娜娜」。

還好，路上不塞車。像親人一樣最親密的好姐妹，我和娜娜有一段時間沒有聯絡了。樂觀、陽光的娜娜怎麼了？我一邊胡思亂想，一邊安慰自己：「我一定能幫助到她的。娜娜，等我！」

車等紅燈的空隙，我再次拿出手機，顫抖地開啟通訊軟體，想跟娜娜聊一下。「嘟……嘟……」手機一直無人接聽，頓時，我的血液向頭上湧來，心跳也不由得加快了許多。「娜娜，妳回覆一個語音訊息給我，我正在路上，千萬別嚇我。」

「我等妳。」幾分鐘後，娜娜的回覆，讓我的心放下了一

大截。我雙手握緊方向盤，目光看向四面八方，把我十五年嫻熟的駕駛技術用於這二十分鐘的車程。

　　防盜門沒鎖，一推，我就走進去了。娜娜像個女鬼似的，披頭散髮，仰躺在她最喜愛的白色歐式沙發裡，穿著性感的黑色睡衣，身體瑟瑟抖動，雙手像強迫症患者，在不停地玩著手機裡的小遊戲。

　　手機遊戲的奇怪配音，聽起來彷彿房間裡有一堆人在聚集。

　　看看四周，家具和擺設安然無恙。我來了，娜娜依舊沉浸在她的遊戲世界裡。

　　「嘿！朋友，什麼情況？」我有點氣憤地衝過去，屁股重重地坐在她的腦袋旁。「啊！壓到我頭髮了。」因為我用力過猛，娜娜尖叫了起來，繼而扔掉手機，抱著我的腿嚎啕大哭。

二　渣男

　　「怎麼了？」那一瞬間，看著可憐的娜娜，我倏忽化身成為老大姐，輕輕地安撫她的頭髮和後背，盡量語氣溫柔。

　　過了一陣子，娜娜突然仰著臉，像個小女孩撒嬌似的說：「麗麗，我活到這把年紀，遇到渣男了。」

　　「哎呀！我還以為⋯⋯這麼一點小事呀！妳太傻了，為渣男要死要活，值得嗎？」我對娜娜翻了一副白眼。

　　「不值得！一點都不值得！」娜娜「跳著」坐了起來，把擋住臉的幾綹亂髮向耳後邊捋了捋，有點像大義凜然要上刑場的女子。倏地，又趴在沙發邊緣上，一副過動症的樣子，腿不停地晃動，兩隻手不停地揪著白沙發的蕾絲邊：「但是我心裡依舊很難過，麗麗，我覺得前半生，好失敗⋯⋯」

　　「什麼叫失敗？我告訴妳⋯⋯」中年婦女的特長，此刻被我淋漓盡致地發揮著，我都感覺自己祥林嫂附體了。

　　女人一嘮叨起來，就像失控的汽車，沒有護欄根本停不下來。旁徵博引後，我非常口渴，順手要拿起茶几上的水杯喝水，娜娜眼皮都不抬，忙碌地玩手機遊戲的同時，對我說：「別喝，那裡我下藥了，留給我自己的。」像一堆鞭炮被點燃了，我累積的情緒爆發開來：「我從來沒有看過妳這個樣子，把手機給我放下來！還下藥，妳真行啊⋯⋯」怒火從我體內向嘴邊翻騰，我彷彿化身老母親，教訓自己的孩子，

我突然對娜娜大吼出來。

「嚇我一跳！妳怎麼了？」看到我的狀態不對，娜娜終於放下了手機，身子向沙發裡靠了靠，將我們共同買回來的小靠墊胡亂地踩在了腳下。房間裡沉默了幾分鐘，很安靜，那一刻，我們互相看到對方臉上殘留的淚痕。

「妳知道嗎？我剛才來的路上有多擔心。在我上跳舞課的辦公室，剛剛，有個女人跳樓了，在我的身邊，活生生的，真的死了。我現在頭腦暈頭轉向的，娜娜，我怕失去妳……」我擁著娜娜低聲抽噎了起來。

角色互換，娜娜輕輕地拍著我。在熟悉的氣味裡，我彷彿穿越到「兩個懵懂的女孩在鄉村的小路上手拉手放學回家」的那個時候。

「生活對女人滿殘酷的。尤其像我們倆這個年紀……」沉默了許久，我和坐在地毯上的娜娜，抬頭看了一眼窗外的夕陽。落日餘暉灑在她半個臉上，她的目光無精打采。我仔細地看了看她，平靜下來的娜娜像一塊掉在地上的破裂氣球皮，一片皺褶。

三　天堂

　　汽車已經行駛在路上,我和娜娜還在商量是去海邊還是山。身為最好的朋友,我肯定不會讓她。最終,我們以兒時的方式「剪刀石頭布」決定,向山峰前進。

　　小小的遊戲,娜娜贏了,她低落的情緒有些高漲,氣色也恢復了一些。望著車水馬龍的大街,娜娜說:「凡是人間我未去過的地方,都是我的天堂。這以後就是我的人生格言啦!」我知道,內心一向達觀的她,正在用語言鼓勵自己。身為同樣的、生活裡也有疑惑的我,陪伴她的同時,也希望能為自己解惑。

　　對一個女人失戀這件事,我不是心理專家,也不想用人生大道理去勸她,因為娜娜是一個培訓機構的老師,看的書比我多,懂得的道理比我豐富,教育人時的理論也是一套一套的。

　　我專注地開著車,身為從小一起長大的好朋友,我們幾乎可以等同於連體嬰,我的成長、她的故事,我們心知肚明。娜娜沉默了一會兒,忽然自言自語,又好像是在問我:「妳說,人,活著到底是為了什麼呀?」

　　聽了娜娜的問話,我本能地說道:「娜娜!人們都說,四十歲是人生最徬徨的時期。我已經過了四十歲的生日,妳還有兩個月也要滿四十歲了。我們從小一起長大,妳我彼此

了解,我母親的故事,妳可能多少聽說過一些。今天,無論妳遇到了什麼困難,我只想跟妳說說我和我母親的故事,妳想聽聽看嗎?」

「想!」娜娜仰著漂亮的小臉,超級認真地說。

「真乖!」我用手在她筆挺的鼻子上摸了一下,娜娜也極其配合地用她有力的小手在我的老臉蛋上擰了一把。

「別再動手動腳了,別人還以為我們是同性戀呢!」娜娜忍著笑意,假裝正經地說。

「想得美,我可純粹是一名喜歡儒雅帥氣男人的中年婦女。」

「我也是。」

車廂裡,頓時充滿了久違的少女般肆無忌憚的浪笑聲⋯⋯

四　家鄉

　　我母親的家鄉，在她的回憶裡，有著高高的山，黃燦燦的土和綠油油的麥田，微風吹過時，還會有一陣陣沁人心脾的野花香。

　　不僅這些，在那裡，還有一條讓母親驕傲的寬闊河流。母親說，透亮亮的河水裡，彷彿每條魚都能看得清清楚楚。一望無垠的水面如同蔚藍色的海，它們，像母親遠方的幸福，無時無刻不蕩漾在她的夢裡。

　　那裡是母親的出生地，其實，她只在那裡住過很短的一段時間。但是出生地，對每一個人來說，都是一塊聖地，是瀕臨死神的人最嚮往的地方，到達那裡，也許能看見自己來到人間的影子……

　　我的母親，姓張，有一個好聽且非常有年代感的名字，叫曉鳳，一九五五年出生。在母親成為我的母親之後，很長的一段時間裡，她都念念不忘那條河，有空就會跟她的孩子們嘮叨一次，回憶她在出生地度過的美好時光。

　　我不知道，那短短的幾年光陰，對年幼的母親來說，究竟意味著什麼。但是，母親每次的訴說，都會讓她的眼神中泛出一絲熠熠的神采。我喜歡那樣的臉龐，性感迷人。

　　一九五八年某一天，也就是我母親三歲那年，閉塞、安寧的小村莊裡，突然傳出要搬遷的消息。之所以搬遷是因為

那條似海一樣的河,這些都是母親長大以後才知道的。

　　這個消息傳得快且堅決,沒有人敢反駁,也沒有人敢說「不」。

　　於是,母親一家人和眾多的鄉親們,在難分難捨中,含著淚水,離開了。那時,他們都認為,以後一定還會有機會回來看看的,看看擴建完工的河水是不是還那樣清澈,那樣波光粼粼,惹人陶醉。後來……後來,好吧!後面,我再告訴妳!聽我慢慢講啊!嗯!妳好乖,我愛妳!

　　搬遷的日子是在冬天,母親三歲,她哥哥六歲,都能幫家裡做點小工作。他們和家人把家裡的鍋碗瓢盆等生活用品以及所有能帶走的雜物,都裝進一輛大馬車上。不僅僅是這些,還有剛出生不久的小狗、貓、豬,而一些大型的家畜,則被繩子拴著,跟在馬車的後面。

　　搬家的人們,有的哭,有的笑,有的說,有的唱,那景象壯觀得很。長輩們趕著馬車,山風和各種聲音一起從車旁的四周向瘦小的母親身體裡侵襲著,儘管裹著露棉絮的破被子,但她感受到的,仍是刻骨銘心的寒冷。

　　時間走久了,彎彎曲曲的山路上,除了一輛挨著一輛的馬車的「嗒嗒」馬蹄聲和偶爾傳來的悽慘鳥叫、貓叫、狗叫、豬叫聲,再無其他聲響。時間彷彿凝固似的,永遠的離別,讓萬物都沉澱出長長的沉默。

五　大遷移

　　「這段歷史我知道，就是我們老家修水庫，當時建庫之初，為保證水庫施工及攔洪，分兩批搬遷了庫區內六十五個村莊，進行清庫。不到九個月的時間裡，搬遷並安置五萬多人。」身為一名培訓老師，娜娜用專業的術語介紹了家鄉修水庫的小知識。

　　沒錯，就是這個大遷移事件。

　　我家是搬遷戶。娜娜家的村莊就是接收、安置我們的一個居民點。

　　汽車緩慢地行駛在路上，接近最後的黃昏了，秋天的夕陽剩下最美、最耀眼的光亮。

　　這是個週五的傍晚，車流量逐漸增多，我們的車速保持在十到四十英里之間。開到最堵塞的路段才知道，原來路上發生了一起擦撞事故。一輛嶄新的黑色賓士車邊，有一個穿戴講究的老太太拉著一個滿臉困惑的小女孩。她一隻手伸出食指，正在氣勢洶洶地向被撞得掉了半個尾巴的貨車司機吼罵著：「你會不會開車！這是你這種人開的地方嗎？……」

　　我沒有煞車，每次看到社會中的恃強凌弱，心裡都不太舒服，但多年的社會經驗告訴我，對這樣的情況，我能做的，就只是愛莫能助地茫然走開。

　　「有錢就了不起？」娜娜用手機拍下了那個老太太的背

影。「真想發文曝光一下。哎！算了，她們是精神世界的窮人。」像個阿Q似的文藝女青年，她自言自語著。

看著馬上就要滿四十歲的朋友，我突然笑了起來。雖然我們是從小一起長大的玩伴，但自從畢業之後，女生們各自找到歸宿，我們之間就很少談自己更加私密的那些事了。在我的認知中，娜娜永遠停留在二十四歲，那份青春與活力，讓所有見過她的男人，都讚嘆她是集美貌、智慧與氣質為一體的「小仙女」。

記得那年，我們都是二十四歲。因為原生家庭的變故，我早早把自己嫁了。在我的婚禮上，各種男孩子對娜娜大獻殷勤。但是看重愛情、有著完美主義的娜娜，一個都沒看上。

幾年之後，快滿三十歲的娜娜，有一天特別約我們幾個老同學，幸福地主動交代，她終於找到了讓她百分之百滿意的男朋友，大家頻頻舉杯祝賀。但不知道為什麼，他們兩人就是一直不結婚。身為過來人，我偶爾會勸他們辦婚事，娜娜卻說，她要永遠沉浸在美麗的愛情中。當我們的婚姻開始經歷各種麻木不仁時，娜娜還和那個男朋友談著情、說著愛。說實話，看著她幸福的模樣，偶爾，我也會懷疑自己的人生。

有著十六年婚齡的我，經歷了各種婚內狗血劇，早已越來越現實。各種愛情雞湯對我而言，就是兩個字—— 狗屁。

五　大遷移

　　活到現在，我一直認為，少女們應該多談幾場戀愛，否則不足以了解這個世界以及這個世界中的「雄性動物」。但是，對於保留少女心的娜娜，一直被寵愛地過著她的小仙女生活，我覺得也很好。我只希望，突然變故的自以為是的愛情，不要把娜娜的那份清純摧毀了。

　　我是她最信任的朋友，她向我求救，說「活著沒有意思」，但是，我內心相信，她會沒事的，也不會有什麼問題，只要調整好心態，四十歲的女人能闖過一切坎坷。

　　「對！以後寫文章投投稿，教育教育她們。」我對還能有願望改變這個世界的娜娜調皮地說。「哎！我們去玩，妳厭惡的渣男，知道嗎？」我假裝開娜娜一句玩笑。

　　「我們不會在一起了，因為，他馬上要結婚了。」娜娜一字一字地說完之後，臉色蒼白，渾身不由自主地抖動。

六　自由

「哐」，一腳油門，我把車開到高速公路旁的車道上，開啟雙黃燈。

「沒事，沒事啊！還有我呢！」我盡量保持情緒穩定。娜娜無語，小嘴一撇，要哭了。我趕緊抱抱她的頭，讓她趴在我的腿上，她的胸脯起起伏伏地掙扎了幾下，最後掙脫我的手，壓著嗓門說：「麗麗，開車吧！我要先去看看那座山。」

「我在仰望，月亮之上，有多少夢想在自由地飛翔……」

我的手機響了，是我那個有著「結婚十五年」之名的老公。「今天小孩作業不會寫，被老師罵了，妳什麼時候回家，輔導他一下。」「好，知道了，叫兒子先寫別的，我這兩天不回家了，我陪娜娜出去玩兩天。」「好。」「嘟……」那頭手機結束通話。

「真夠自由的？」一通電話，居然消退了娜娜的不少委屈。

「唉！對我這樣沒有本事的女人，結婚就是混口飯吃。沒有人把妳當一回事。今天我總算明白了，女人必須有工作，必須能養活自己。妳說，我年輕的時候，不也是把想當作家掛嘴邊嗎？妳看，如今，我這個夢想還真就實現了，天天坐在家裡。我跟妳說，現在，什麼理想呀、抱負啊！通通離我而去了。我想開了，過一天算一天，把自己哄開心就好。

我現在的情感狀況,也不比妳好多少。對他而言,只要我活著,人呢?能找到回家的門,他就別無所求了。呵呵!看,我這日子,幸福嗎?」面對一起長大的娜娜,我還真不知道該如何告訴她此時我的婚姻生活現狀,只能發揮身體潛能,用耍嘴皮子的方式掩飾內心的孤苦。

娜娜的笑點實在太低了,居然被我這幾句話給逗笑了。

「我想,我這輩子都不會結婚。」娜娜望著遠方亮起來的路燈和萬家燈火喃喃地說。

汽車已經行駛回高速公路上了,道路越來越暢通。

「累了吧?我開一會兒。」在服務區,我倆換了位置。本想躺在副駕駛位上睡一會兒,娜娜卻說:「麗麗,老媽媽的故事接著說給我聽吧!我滿佩服她老人家的。」

七　村莊

　　母親和全家人，從山上坐著大馬車，一路顛簸。臨近安置村莊時，天已經完全黑了，搬遷的人流也開始分散。冬季本來白天就短，忍受一天的冷風吹，大人凍得都直打哆嗦，我那剛剛三歲的母親和她的哥哥，臉也冷到非常腫。

　　離原住地大約九十里路的地方，沿途有許多小村落。母親這一家人被安置在一個村莊。一進村，她的兩隻眼睛就開始各種打量。人小記憶也小，在她的印象中，只記得「有的人家，房屋和圍牆破破爛爛，彷彿風一吹就會倒；有的人家，青磚青瓦，門前還有氣勢雄偉的石獅子看家護院，看起來就很氣派。」三歲前只在山裡居住，看到這一切，她就像劉姥姥進大觀園似的，東張西望。

　　走了一天，拉車的馬也累了。有時牠停在路口發出聲響，或疲憊地站著幾分鐘，家人也不會揮鞭子再催牠，而是拿出車上的草料餵牠幾口，然後再用木桶餵牠水。長途跋涉一天，人困馬乏。聽到馬貪婪地飲著木桶裡水的聲音，全家人除了肚子餓得「咕咕」叫，剩下的，就是看著別人家房間裡傳出來的歡聲笑語。這時全家人眼神中透露出來的，有一種對穩定、美好生活的嚮往，還有一絲對未來的困惑和恐懼。

　　「其實，對家的渴望，我一直都有，但我又害怕⋯⋯」娜娜插嘴道。

七　村莊

「妳爸出車禍那年，好像我們都只有十歲。」話一說出口，我有點後悔……怎麼提起娜娜的心頭痛了？

「是啊！那年我十歲，是個夏天。外面下著大雨，我和媽媽、妹妹正在家裡包爸爸最愛吃的茴香餡餃子。媽媽還跟我們說了一個爸爸小時候淘氣的故事，大家正笑成一團時，突然，門被撞開了。我以為是爸爸回來了，沒想到，看到的是老村長。他頭頂著塑膠布，滿身都流淌著雨水。那一天，在他的臉上，我看到的，也是我最難忘的，是他眼白裡布滿了血絲，極其恐怖。他掃了我一眼，盯著媽媽的臉，然後對著我們，啞著嗓子說：『大妹子，家裡出大事了……』」娜娜說這段情景時，車子劇烈地跑偏了。

我一把扶正方向盤：「快，靠邊停車。」

蹲在路邊，我扶著她，娜娜嚎啕大哭。高速公路上的汽車像潮水般在我倆身邊穿梭，像一道又一道的冷冷流星。偶爾有減速的汽車，也只是司機探一下頭，看到彷彿沒有什麼大的意外情況，便加大油門繼續行駛了。

八　活著

　　娜娜這樣歇斯底里地哭著，身為好友，我束手無策，但我覺得，人生能這樣毫無忌憚地痛哭一場，也是一種釋放，我選擇不阻擋人生中的泥沙，讓它們盡快流走，盡快還生命之河暢通。

　　老天爺還滿配合的，居然一點一滴地下起了細雨。雨水中的娜娜孤苦伶仃的樣子，讓我的內心也不禁一陣戰慄。

　　「我們，活著到底是為了什麼呢？」我問遠方的自己。

　　「下雨了，不然，我們先在附近找個飯店住下來休息一下吧！我都有點餓了。」夜晚來臨時，我基本上都會丟掉女漢子的外衣，變得溫柔起來。

　　已經發洩過的娜娜，無力地點頭同意。這一刻，她也卸下偽裝的玉女形象，在我面前，展示她暫時糟糕透頂的世界。娜娜哭花了妝的臉像隻小野貓，口紅東一塊西一塊。我心疼地拍了拍這巴掌大的小臉蛋，真好看。

　　都說人會選擇性失憶，把不利於自己的傷疤淡化，但是像我們這種童年突遭變故的孩子，彷彿依舊活在小時候的影子中。一個人在他的童年時期，經歷了父母恩愛、父母相繼離世，對生命到底是好還是壞呢？身為一個有作家夢想的人來說，我無法回答。因為生活，從來沒有正確答案。

　　向前開了三公里，我們出了高速公路。依照我倆的個

八　活著

性，隨意行駛，不去規劃到底住在哪裡。看到還順眼的地方，就是我們吃飯、睡覺的落腳處。

　　這裡最有名的食物就是燒肉了。一家精緻的燒肉店吸引了我們的目光，我們停車點菜。看來真的餓了，我覺得，這是四十幾年來，吃過最好吃的一頓燒肉了。但娜娜還是細嚼慢嚥著，她臉上的表情告訴我，她的傷心記憶還沒走掉。

　　隔壁桌的幾個男人，一邊碰著啤酒杯，一邊大口地吃著肉拼盤和小菜，桌子上熱氣騰騰的，他們肆無忌憚地說著各自和女人的故事。聽著他們吹牛，我說：「娜娜，我們是不是活得太文藝了？今天不減肥，我們也喝點酒，怎麼樣？」

　　娜娜抹了一把臉上餘留的淚痕，狠狠地點了點頭。「老闆，幫我們加兩份拼盤，再來一瓶五十六度的二鍋頭。」挽起袖口，我像個大男人似的扯著脖子叫喊道。

　　「好喔！」櫃檯大姐頻率相當地應和了一聲。隔壁桌幾個喝酒的男人也用餘光掃了一下我們。

　　「管他們呢！我們也能吃、能喝、能吹牛。」

　　「我還能唱、能跳呢！」受我的影響，娜娜的嗓門也大了起來。

　　「那就來一首吧！我送妳們小菜。」櫃檯大姐上酒時對娜娜爽朗而挑釁地說。

　　「點！」

　　小餐廳因為娜娜的走音歌聲，更加熱鬧起來。

九　鳳凰

　　晚上十點多了，燒肉店只剩下我和娜娜最後一桌客人。老闆娘、老闆坐在不遠的桌子邊，一個剔著牙算帳，一個玩著手機，好像並沒有打算催我們走的意思。

　　我眼神恍惚，但還算清醒。娜娜喝得比我多，有點支撐不住，搖搖晃晃地總想往桌子上趴。

　　「老闆，結帳。」隨著好聽的應答，分外慈眉善目的老闆娘，居然端了兩碗小米粥走了過來。「秋天要來了，外面天涼，妳們每人喝一點，別感冒了。」聽了這些話，就跟酒力上來似的，我渾身燥熱，感動極了。

　　「聽妳們倆嘀咕半天了，誰過日子都不容易。妳看，我倆起早貪黑地開這個小店，就是為了我們的女兒。她五歲的時候，如果沒有高壓電線把她的雙手弄傷了，我這孩子早就能幫我賺錢，孝敬我了。現在啊！她每天都坐在電腦前寫寫畫畫的，說要像詩人那個誰一樣，寫出一個讓全社會都引起共鳴的詩，然後養活自己，不給我們添麻煩。妳看看，她寫的詩⋯⋯」老闆娘很善言談。說著，還真從櫃檯桌子下面的抽屜裡，拿出一疊稿紙給我看。

九　鳳凰

〈燒不死的鳥就是鳳凰〉

文／四季

朋友，你好

我來自農村

我從農村來

我的父母是道地道地的農民

但他們卻在風雨中

用貧窮的肩膀

為我撐起跳躍農村的龍門

因為我媽媽告訴我

燒不死的鳥就是鳳凰

後來

在城市的鋼筋水泥之中

我成了一個含淚帶笑的女孩

農村也成了一堵厚厚的圍牆

橫亙在我回到村莊的路上

我想家時

家鄉的荒灘荒坡

卻再也無法接納

一個塗抹了金子顏色的花朵

我媽媽繼續告訴我

燒不死的鳥就是鳳凰

那時的我啊

認為農村的身分

就像我的臉頰被烙刻了文字

每一秒

都在隱隱忍受折磨

在堅硬的城市人群

我低著頭

掩著疤

矮矮穿梭──

燒不死的鳥就是鳳凰

我媽媽站在山頂中喊著我的乳名說

在那些徬徨的日子裡

我聽到了

在那些準備自暴自棄的日子裡

我看到了

我來自農村

我出自寒門

我的父母是不折不扣的農民

我家鄉的河邊

有一大片像樹一般的綠色

它們在為走出農村的孩子祈福

燒不死的鳥就會成為鳳凰

九　鳳凰

站在餘生的路口

我才知道

走出農村時以為的天堂遠行

而今

才是最思念的溫情懷抱

但我已心事重重

捂住在城市新添的傷

像一隻蚯蚓

匍匐在地

乞求鄉鄰和母親

隔著萬水千山

喊我

我——

淚流滿面

把濃濃的記憶和過往

拉直

再揉亂

放在胸膛

彷彿又聽到我媽媽的聲音

燒不死的鳥就是鳳凰

「寫得真不錯，您鄭重告訴她，我支持她寫詩。」完整地看了這首詩，我誠懇且認真地說。

「聽妳們聊天,好像是知識分子,如果有管道推薦,妳們多幫忙介紹介紹哇!」老闆娘一邊討好地說,一邊遞過來一張名片。

「好!」娜娜趴在桌子上,含糊不清地替我答應了下來。

老闆和老闆娘累了一天的臉上,顯出難得的喜悅,熱情地推薦我和娜娜去隔壁飯店住宿,還打了電話給飯店的經理,告訴經理,要為我們打最低折扣。

十　四十歲

　　躺在飯店的房間，娜娜像隻貓似的蜷縮在被窩裡瞬間睡著了。這一天的時間，我硬撐著當娜娜的傘，其實有很多心理話想要跟她說。唉！慢慢說吧！故事是一頁一頁看完的，人生也是一句一句講出來的。

　　這時，手機響了。最疼愛的兒子用通訊軟體傳訊息給我，說想通話。

　　「媽媽。」

　　「哎……」

　　聽到兒子的聲音，當媽的頓覺生命的充實和幸福。所有的不開心都去見鬼吧！

　　「您和娜娜阿姨出去玩啦？注意安全啊！作業我自己弄得差不多了，您別操心。」

　　「你爸呢？」

　　「還沒回來。沒事，我都國二了，您放心吧！對了，媽，要是有食譜書，您記得買一本給我。」

　　我兒子的願望和夢想居然是長大後要當一個美食家，從小學三年級開始，他就主動蒐集各種做菜相關書籍，沒事就往廚房裡鑽，各種油鹽醬醋茶在他眼裡，感覺像在做化學實驗似的。有一個埋首在鍋碗瓢盆裡的兒子，我也很欣慰。

　　我自認是一個開明的新時代媽媽，所以兒子怎麼禍害廚

房,我都視而不見。懶媽媽培養出一個全能型的兒子,會做飯、做家事,絕對小暖男一枚。兒子已經可以自己管自己了,現在的我,不必勞神操心。

「好,兒子,真乖,你也早點睡,媽媽和娜娜阿姨玩個兩、三天,就回家了。」

「好,我知道了。媽媽,再見!」

掛了手機,突然,我覺得我人生裡早生小孩,是唯一一件正確的事情。把所有的煩心事,像電器拔掉電源一樣關掉,此刻,對我來說,睡覺最大!

……

一個穿粉紅色裙子的長髮小美女摟著我的老公,在他的嘴邊快速地親了一口,老公居然色瞇瞇地含笑回應她,然後,她像隻小兔子似的向前走。我在後面,氣得肺都要炸了,穿著睡衣、拖鞋,披散著頭髮,像個棄婦,在馬路上一邊哭一邊追,追呀追呀……

一陣呼吸困難的感覺湧上胸口,「啪──」,我坐了起來。

睜開矇矓的雙眼,從夢中醒了過來。娜娜趴在我身邊,用左手托著好看的小臉蛋,像個少女似的看著我。

「嚇我一跳!」

「妳才嚇我一跳呢!妳看看,被子都快掉地上了。要不是我把妳壓著,妳可能都要夢遊了。剛才夢見什麼了?那麼痛

感十足,那麼捶胸頓足的……」

「沒……沒……沒事。」

我支支吾吾。

「男人四十一枝花,女人四十豆腐渣。我都聽見妳喊『小妖精』了!」

娜娜眨著大眼睛,彷彿在說後半句「別騙人」。

「真的嗎?」

我以為自己從來就不會說夢話,半信半疑。

「哈哈。假的。」

娜娜跳下床,雀躍地穿上衣服。

從十歲到四十幾歲,我們看起來很熟悉,但我知道,我們已經是兩個世界的女人。其實,我才是一個悲劇已婚女,看著像半個自己影子一樣的娜娜,內心的各種寒涼薄冷,如同決堤的河水滔滔氾濫。四十幾歲女人開始新增的自卑、猶豫、徬徨,在我的每一個細胞裡,像毒蛇般咬噬著。我不知道自己什麼時候會發作!或者說,我沒有勇氣發作!

十一　懷孕

　　飯店窗外，陽光特別清新。一縷縷的光芒，像金線穿過落地玻璃，茸茸地貼在房間的地板上。遠方，我彷彿看到了我母親那怯生生的小臉蛋⋯⋯

　　「來來來，你們，你們，這幾家，就臨時住在這個巷道的院子裡⋯⋯」村長手拿跳動的煤油燈，熱情地分配著從山上搬遷的移民。他個子魁梧，長相英俊，算得上這附近的小山村裡出類拔萃的美男子。

　　三歲的母親喜歡他，目不轉睛地跟在他的屁股後面轉。他便一把抱起她，替外婆照看這個乖巧的小女孩，嘴裡手邊，還不忘指揮安家落戶的工作。母親依舊痴痴地盯著他看，他很高興，偶爾還用有力的大手，捏了幾下母親瘦弱但還算光滑的小手臂。

　　「來，孩子，別纏著叔叔了。幫媽媽把這個拿進屋裡去。」外婆喊著。

　　母親從村長的手臂裡滑了出來，蹣跚著小步，像個小大人似的，幫家裡搬東西。大家忙裡忙外，夜晚的村莊因為一批外來人的湧入，顯得熱鬧了幾分。山上搬遷下來的人們，因為有了臨時住所，那份忐忑之心也暫時穩定了。

　　搬遷下來的人很多，村子裡的空房子有點少。

　　母親一家和大伯一家合住在一個院子裡。院子裡有五間

十一　懷孕

房，原本就住著一家六口。為了搬遷的人，這家人又挪出兩間空房間。看到孩子小，大伯一家主動把最裡面的房間讓給母親一家人。裡外兩間房間的差別不大，裡面風可能小一點，外面的空間稍微大一點，但都又矮又黑、潮溼無比。除了床，什麼也沒有。

夜裡，冷風順著門縫和窗戶灌了進來。

「媽，我冷，我餓……」三歲母親的哭泣聲，把全院子的大人都吵醒了。其實，應該說，太冷了，不僅孩子們受不了，大人們也凍得睡不著。能蓋的都蓋在身上了，剩下唯一的取暖方式，就是大人、孩子緊緊地靠著睡。大伯摸出一把菸草，吧嗒吧嗒地抽了幾口，濃烈的菸味，讓裡屋外屋的人此起彼伏地咳嗽，但大家都一言不發，彷彿那菸草的熱氣，能為身體增加一絲溫暖。

第二天天還未亮，外公就起來了。看著一家老小蜷縮在又黑又冷的小房間裡睡覺，他不忍心，便悄悄走到院子，拿出一個破麻布口袋，來到街上，準備撿拾一些柴火幫大家取暖。

點點晨光中，外公依稀能看清這個村子四周都是平地，遠處有幾座不起眼的、黑禿禿的小山。轉了大半天，他什麼也沒有撿到。因為天氣太冷了，能燒的，都提前被附近幾個村的村民收藏了起來。在這個滴水成冰的冬天裡，任何取暖的東西都如命一般尊貴，有錢也買不到，何況根本也沒有任何多餘的錢來買柴燒。

在寒冷的日子裡，連續幾天，兩家人都靠著吃從山上帶下來的乾饅頭度日。

每天，外公跟其他一起搬遷來的男人們一樣，早早地趕到村裡的委員會，等待能被安排、分配一個養家活口的工作。村長滿照顧母親家的，優先在村子裡為外公安排了一個挖糞的工作。雖然是辛苦的工作，但外公滿開心的，終於能過個穩定的日子了。但還沒來得及高興三天，每天回家的外公就開始眉頭緊皺。因為他們是外鄉人來工作，本地人的各種刁難、訓斥、排擠和欺負，讓老實一輩子的外公，每天上班的日子都戰戰兢兢、如履薄冰。不僅如此，那些沒有被派到工作的人，也會各種白眼和挖苦，說他是靠「老婆的臉蛋才混上一口飯吃」。

在這種受氣的日子中，外公咬牙苦苦支撐著。

從山上帶來的糧食快吃光了。這時，雪上加霜，外婆突然檢查出又懷了一個孩子。就在這個時候，一個消息就像一根救命稻草般出現在外公眼前。

那天，委員會的大門口貼出一個招聘訊息。所有等待安排工作的人，都擠在那裡觀看。有人看了一眼就進去報名，有人交頭接耳、猶豫不決，還有人一邊搖頭，一邊說：「我才不去，一整年都回不了家。」村子發出的是那條河水招聘的訊息，條件是包吃包住，還有薪水，走投無路的外公，什麼都沒有想，立即報了名。

十二　小妹妹

　　一個蕭條的深秋，外婆在那個四處漏風的小黑屋，為我的母親生下了一個小妹妹。因為大人、孩子都營養不良，剛出生的小妹妹像隻小猴子，眼睛非常大，卻瘦成皮包骨，哭的聲音像小貓一樣，讓人可憐。

　　外婆剛生完孩子，還在月子中，做不了多少工作。外公在水庫工地，根本回不了家。

　　那個時代，有時會去吃食堂，也就是每家都不做飯，統一去食堂領。盛飯的人看見外婆這樣沒工作還吃飯的產婦，幾乎都沒有什麼好臉色，經常旁敲側擊地說：「人啊……就應該做多少工作，吃多少飯。妳一個不工作的女人，就少吃點飯吧！把飯留給能工作的人吃。」盛飯的人不僅一邊說酸話，還一邊侮辱地將鍋盆敲得鏗鏘作響。

　　生性柔和的外婆，從來不會與人爭辯。聽到這種話，她只會強忍著淚水和飢餓，什麼飯也不領就回到家裡。

　　獨自一人時，她才敢一邊掉眼淚一邊自言自語地說：「為了一個孩子，連飯都吃不了，這叫什麼日子啊！」母親和舅舅在屋外聽到了，也不敢發出任何聲響。貧窮，讓每一個年幼的心靈都莫名地早熟，懂得世間的艱辛。

　　「是啊！那叫什麼日子？」娜娜突然插了一句話，把我從母親童年的回憶中拉了回來。

「我們小時候就夠苦的了。記得我第一次帶老馬回我們老家時，只簡單地形容了一下老家的情景，就差點沒嚇死他。」想起那次回家，我自己都控制不住地大笑起來。

　　「我知道，妳都說八十次了。不就是告訴他，我們老家，住的是草房子，還只有醃蘿蔔鹹菜可吃。幸虧老馬愛妳甚深，要不然，真嚇得他不敢和妳回我們老家了。」娜娜替我講了故事的開頭。

　　「哼！還愛得深，要不是他馬上就要三十了，他媽媽催他催得很緊，他還不急著和我回家見未來的丈母娘呢！當他回我們老家一看，哦！房子還滿漂亮的，每家還有小院子，種菜，還種花。妳知道的，我媽媽很會做菜，那幾天，讓他吃到都快不想回去上班了。但回去之前的那個晚上，又把他嚇著了……」想起那天的情景，我還是忍不住地想笑。

　　「我們村子裡的人多熱情，聽說妳帶了一個細皮嫩肉的女婿回來，他們又相信又不相信，都在你們走的前一天，跑過來檢查看看……哈哈哈哈……」娜娜那天也在現場，看到老馬在一群又一群熱情的左鄰右舍的指指點點下，覺得自己越來越像動物園裡的一隻猴子，開始汗流浹背，渾身不自在，最後，差點昏厥。

　　「嘟……」飯店房間的電話響了。

　　「麗麗，妳看，都到了要退房的時間了，我們繼續出發吧！市上，故事繼續。」

　　「OK。」異口同聲。

十三　饅頭

　　外婆帶著一家老小，艱苦地熬著日子。在母親的小妹妹長到一歲半時，村長為外婆安排了一個去食堂幫工的工作。

　　但外婆不是做飯的，而是幫忙搖風箱的。那個時候做飯全靠灶臺，外婆則是在燒火的灶臺旁邊搖風箱，風箱上有個把手，搖得越快火越旺，但是搖它需要很大的力氣。身材矮小的外婆當時吃不飽飯，白天、黑夜還要帶一個吃奶的孩子，根本就沒有什麼力氣。還有，因為營養不良，她的手經常會抽筋。每當她抽筋抽得不得不鬆開手時，如果不迅速躲閃，風箱的把手就會順勢打到她的臉上。

　　那段時間，幾乎每天，外婆都會被把手打到，外婆的臉也經常腫得像饅頭，看著非常嚇人。

　　母親的那個小妹妹更是可憐，還不滿兩歲，因為嚴重缺乏營養，全身浮腫，路都不會走。每天，她只會趴在冰冷的床上，呆呆地望向門口，等外婆回家，帶吃的給她。

　　那樣的日子，青黃不接，大人連飯都吃不了。那個孩子，沒吃沒喝的，更是餓得只會像貓一樣微弱地叫幾聲「媽媽……」。最後，她連出聲的力氣都沒有了。全身上下，只剩下一雙眼球微微轉動，看著周圍的家人們進進出出。

　　死亡，在她的上空盤旋⋯⋯

　　「死亡，好像以前很少去想它。最近一段時間，我都會

想：老天爺給了我們東，就一定會給西；給了生，就有死；給了快樂，就一定有痛苦等待在我們的生命中。其實，人具備七情六欲、喜怒哀樂，這既是人之福，也是人之不幸。人生有八苦，哪一苦，都會殺人。」一個死亡話題，多少喚起了娜娜與渣男分手後的情緒，她惡狠狠地自言自語。

「每個人，都沒有權利選擇我們什麼時候來到這個世上，包括我們的父母。他們無法決定自己的孩子在什麼時候孕育，一切都像是一場賭博。應該說，成長既意味著收穫，也意味著失去。我覺得，我們也要正確對待死亡。任何一場戀愛都不值得我們用自己的生命去交換。」在講故事的同時，我也開始慢慢品味我所經歷的生活以及對生命的體驗。

「我記憶中遇到的第一次死亡，應該是自己在上幼稚園的時候。那天，我在和小朋友們玩遊戲時，有一個大一些的姐姐叫我回家，說我媽媽請她告訴我，我的奶奶死了。我當時還惡狠狠地罵了她，回擊道：『妳奶奶才死了呢！』這時，有一個老師跑過來，拉著我的手臂往校門口走，看到大伯在門口，且立在腳踏車邊等，我才突然明白了一些什麼，立刻變得安靜下來。」

「坐在大伯的腳踏車後架上，我一聲不吭地回到家。一進房間，我才注意到門板被拆了下來，奶奶躺在上面，身上蓋了一塊白布，只有頭頂的頭髮、鮮豔的鞋子露在外面。哭紅了眼睛的媽媽，頭上圍著一塊白布條。她啞著嗓子對我說：

十三　饅頭

『孩子，妳奶奶走了。來，給奶奶磕頭。』」

「我當時非常害怕，那一瞬間，隱約地感知到，『死亡』就是以後我再也不能見到她了，奶奶再也不能在她粗粗的大手心吐一口口水搓一搓，然後，撫摸著我的後背說：『小兔子乖乖，把門關上，寶寶要睡覺覺嘍！』」

「我緊緊地握著媽媽的手，媽媽卻用力拉著我，向奶奶的方向跪了下來，給奶奶磕頭。我人生中第一次木訥地磕了三個頭。雖然我很愛她，但我竟然沒有哭，也沒有撲過去拉奶奶的手。我心裡已經明白，奶奶很疼愛我，但我們永遠也不能再相見了。」

「磕頭儀式過後，媽媽塞給我一個碩大的白饅頭，饅頭上還印有一個紅點。她把我拉到旁邊的空屋子，有點緊張地對我說：『趕快把它吃了。』雖然很餓，但我一口都不想咬。可是在母親的監督之下，我硬生生地把它吃了下去。這就是我生命中的第一次生離死別。」

這是娜娜生命中第一次遇見死亡的故事。

「娜娜，現在都說，我們這一代人小時候的教育，缺乏生和死的課程，只能在這種自然的輪迴中自我學習，真應該好好感恩一下，我們能平安健康長大。」這些是我的真心話。

十四　地瓜

　　生命像飄浮在空氣中的氣球,有時很柔軟,有時也很有韌性。

　　幾個月過去了,夏天馬上要來臨了。雖然每天只是喝點湯湯水水,但母親的小妹妹依舊頑強地活在這個世界上,很乖、很努力地活著。

　　外公去水庫工作只回來過三次,偶爾託人帶回幾句話,內容永遠是:「等發了薪水就馬上回來。」外婆拉拔著孩子們長大時,卻發生了一件讓母親難忘又難過的事⋯⋯

　　那天,外婆在食堂灶臺掏灶灰時,突然掏出幾個大地瓜,看到這些東西,嚇得她全身發抖。

　　這時,好巧不巧,剛好碰到隊長來檢查食堂。一個矮胖的隊長帶著幾個小跟班,像一群匪徒一樣闖了進來。看到灶臺旁邊的地瓜,他的眼睛都冒火了,問道:「為什麼要這麼做?」

　　膽小的外婆,嚇得說不出話來。當時,只有一個年老的、不會說話的女人,跟外婆兩個人在食堂工作。隊長就問她:「這幾個地瓜是誰的?」不會說話的年老女人便用手比劃著,意思是,那就是外婆藏的。這些根本不是外婆做的,她當然不會承認。

　　那個醜陋的隊長上下打量了外婆幾眼,看她只是個瘦得

乾巴巴的女人,也沒有再追究什麼。一大幫人便像帶著戰利品似的,氣憤地將烤熟的地瓜拿走,臨走時,每個人還都裝出一副鄙棄和敵視的神情。

回到家後,從十三歲就成了外公的童養媳、宅心仁厚的外婆,身為一個年輕的母親,第一次在孩子們的面前痛哭不止,心裡的委屈真是說不出來。

那時候,快滿九歲的舅舅知道這件事後,氣到不行,賭氣說,不吃就不吃,難不成還會餓死!便帶著當時只有兩歲的妹妹,去地裡找草根吃。當時的草根在舅舅的嘴裡,都是甜得跟蜜糖一樣的東西,可是這東西吃不飽,兩歲的妹妹沒吃幾天就受不了了,餓得連站起來的力氣都沒有,只得虛弱地躺在床上。而家裡人知道這個孩子很餓,所以盡可能地把吃的都留給她。可是沒過多久,她還是死了!

一個小生命就這樣消失了。母親每次講述這段經歷時,都會悲傷地說,那時候她就不應該來到這個世界,因為那個年代就不是一個孩子能夠平安長大的年代。

後來,外公聽說了這件事,急急忙忙地從修水庫的工地趕回家裡。抱著已經死去的孩子,站在院裡,他痛哭失聲,那激動的哀號聲,像一頭無處用力的耕牛的哞叫。我年幼的母親,終生難忘。

十五　孤獨

「什麼是生活？那就是首先要能生存下來。在那個時代，為了活命，想獲得最基本的尊嚴，簡直就是奢侈。今天的我們，想要的是不是太多了？」娜娜沉思。

「生命走到四十幾了，妳都想要什麼？」我追問她。

「我……」本來準備脫口而出，這一刻，娜娜很認真地停頓了一下，想了一下。

「今天的我，突然覺得，其實自己滿自私的，二十多歲的時候，只想要自由，沒有給任何異性機會。等到快三十了，突然意識到一個人的孤獨，然後，開始像抓兔子似的，尋找生命伴侶。我大海裡撈針，終於和他在茫茫人海中相遇了。」

「那時，我愛他的藝術風格，他愛我的仙女氣質。今天想來，當我們最初在一起時，我們好天真哪！我們以為我們就是老天爺安排的、最合拍的那一對，我們以為我們擁有了世界上最相似的靈魂、最相同的認知，和最相近的生活習慣。我們以為，我們可以生生死死在一起；我們以為，我們會永遠擁有幸福和甜蜜。可是……可是……，那些生死誓言，如今像個笑話，或者說，就是一個字『屁』。」

「說好了，生死相依，我們永遠相愛如情人，不結婚，不生小孩，一起相伴到老。為什麼……為什麼時間只走過十

年,他就開始變卦了呢?他想要結婚生小孩,想要過有煙火味的日子。從此,我們兩人的世界變了,開始陷入無窮的沉默和背叛。直到昨天,他打電話告訴我,他的另外一個女人懷孕了。我們永遠分別了⋯⋯」

「這⋯⋯這就是我前十年的人生。⋯⋯突然發覺,一切如夢,我們以為最好的故事,卻被平凡的需求打敗了,難道這些,都是我弄錯了嗎?⋯⋯」

娜娜邊哭訴邊抱著自己的身體,最後在汽車的椅子上縮成一團,像隻刺蝟。聽了她的話,我卻不知道如何去安慰她。

「別哭,娜娜。身為女人,到了四十幾歲、到了中年,其實,結婚生子和不結婚不生子,很多感受是相似的。沒有任何東西可以阻擋我們開始變老,也沒有任何繩子可以拉住中年男人的心。這是一個永恆的真理⋯⋯」這一刻,為了緩解娜娜的悲傷,其實也是為了釋放自己內心的痛苦,我們停車在路邊,開啟天窗,放著最大音量的動感音樂,涕泗滂沱。

十六　可愛女子

　　四十幾歲的女人,其實滿可怕的。基本上,我們已經經歷過彩虹的各種顏色。很多時候,我們更加明確地知道,自己人生的下半場該如何安排。在這個節骨眼上的任何打擊與挫折,都是一種成長的慶祝,值得用眼淚和汗水乾杯!

　　「為什麼現在的男人對自己骨血的在意程度越來越兩極分化,有的超級重男輕女,有的完全無所謂、自己玩好了就OK?」哭累了之後,娜娜突然抬頭冷冷地問我。

　　「社會發展的問題。我覺得,真正的男人越來越少了,『女性化』的男人卻越來越多。做事情磨磨蹭蹭,做選擇時畏首畏尾,男人的那種豪情萬丈早沒了蹤影。」身為同樣受傷的中年的我,惡氣沖天地吐槽這個變異的時代。

　　「男人,就該有男人的荷爾蒙!男人的擔當!」娜娜咬著牙說。

　　「其實,做妳這樣的『白骨精』也很好,這個時代,怎麼活,都是一種人生。走了張三,還有李四呢!為張三尋死覓活,一點都不值得。他一點都配不上妳。他們,呸!給我滾遠點!」我學著祥林嫂,叉著腰,語氣又像阿Q,對這個無情的世界笑罵起來。

　　這一堆話,逗得娜娜「咯咯」笑起來。她的臉上,是笑中有淚,淚中有笑。看著這個可愛的女子,我真希望自己是個

男人，把她娶了。唉！可惜我不是！

「什麼樣的活法，才值得人生一直堅持和努力呢？」娜娜抹了一把鼻涕問我。

「不說別人了，就憑妳的條件，妳想活成什麼樣的人生，就活成什麼樣的人生。自己的人生自己作主，我們只要痛快人生，不要痛苦人生。」我覺得自己非常厲害地說。

「那！是！必！須！的！」娜娜有點沒自信，但是受我的感染，她拉開嗓子喊向天空。

十七　甜草根

　　上車，我說母親的故事給娜娜聽，繼續！

　　「後來過了很久，大舅才悄悄對母親說，他那時的確帶著妹妹找甜草根去了，結果在回來的路上，不小心讓妹妹摔了一下，之後妹妹便成那個樣子了。一個失手的過錯，便讓自己的妹妹死了。母親那時知道了，開始變成熟的她，只默默地說了一句：『就算沒有這件事，能不能活下來，也不一定。』」

　　「我母親回憶起那段時間發生的事情，嘴裡一直都在說同一個字：『餓！』」

　　「幾乎所有的人，都在為身體的飢餓而拚命掙扎……大街上，隨處可見有人餓得站不住腳，扶著牆走路。有的人臉色很差，走路搖搖晃晃，看見那剛長出來的豆苗，都會滿眼冒光。偶爾有人會把有毒的生豆莢之類的植物，不管不顧地摘下來放到嘴裡，雖然只是嚼一嚼就吐出來了，但也要應付一下飢腸轆轆的口腹。」

　　「那個時代的男人、女人、老人、小孩，為了吃、為了填飽肚子，沒有尊嚴，沒有氣節，像隻禽獸。」

　　說到這時，我看了看娜娜，她也看了看我。「餓」字，讓我們的肚了彷彿瞬間也沒有了力氣。心領神會，一言不發，我們迅速開車進了服務區。還沒有走進大廳，入口處就飄滿

十七　甜草根

了泡麵的味道。三三兩兩的趕路人,那「呼嚕呼嚕」吃泡麵的聲音,居然讓我和娜娜饞得走不動路。

「啊呀!太好吃了,太香了!我應該十幾年沒有吃過這種碗裝泡麵了。我記得上學時,妳特別喜歡喝我吃剩下的泡麵湯。」半碗泡麵吃進肚子後,我想起了上學的日子。

「今天,我可不喝妳吃剩下的湯了。」娜娜扮著鬼臉,吐著舌頭。

一碗麻辣酸菜口味的泡麵下肚了,我的腦門和四肢向外散出細密的汗水,這種廉價而令人滿足的、久違的幸福感,讓我聯想到青春。半個小時後,上洗手間,然後端著冰涼的紅茶,我們站在車邊抖抖腳,抖抖手,抖抖肩膀,做放鬆運動。

無意間,我們幾乎同時看到不遠處的一輛車上,半開的車窗,一對年輕人肆無忌憚地調情、接吻。「咂咂」的嘬舌聲,讓我們莫名地有些害羞。

離他們遠遠地,我和娜娜坐在旁邊的休息椅子上繼續說……

十八　棺材本

　　因為要修建那條河,越來越多人搬遷到我們這個村子。空房子有限,於是,在居民委員會的安排下,母親這一大家子便有了第二次搬家。

　　一九六三年春天,全家人著手做搬家前的最後準備。當時母親的奶奶有一口上好的松木棺材,木質上乘,缺點是又笨又厚重。因為這是老人家最後的想望了,所以她拚了命似的要家裡的人搬家時繼續把它帶上。

　　那是一個充滿飢餓感的時代,大人、孩子都吃不飽飯,每天忙忙碌碌的,只為了食物而掙扎,根本餓得沒有什麼力氣。而要把棺材這麼重的東西搬運走,除了大伯自家人,鄰居們沒有人願意幫忙。外公是個孝子,為了自己的老母親能安心走完餘生,他不顧任何人的阻擋,所以才在抬棺材的時候發生了意外。

　　當時,由大伯和外公兩個人主抬,棺材被抬到大馬車上一半時,外公一個沒站穩,棺材重重地砸向他的身體,頓時,鮮血浸染了厚重的棺材。那一幕,非常嚇人。尤其是母親的奶奶,聽到二兒子因為自己的執拗受了重傷,驚嚇到當天就不行了。這個棺材還沒抬走,就被老人家用上了。

　　大人哭,小孩叫。又是死人,又是受重傷,一個小小的家,哀號一片。這樣一件事情,在這個小村莊傳開。準備搬

遷的每家每戶，也都重重籠罩在這種氣氛之中。有些跟著搬家的老人，再也不會拚死護著自己的棺材老本了。

外公雖然沒死，撿回一條命，但從此以後，什麼重工作都做不了。無疑，喪失工作能力的外公，讓這個家雪上加霜。外婆膽小，除了默默流淚，無計可施。

「今天，我們這一代人，或者說比我們更年輕的一代人，生活太富足了。對我們爺爺、奶奶輩的生活，我想就算他們各種猜想，也都是無法想像、無法理解的。糧食在非常時期勝似黃金。但那個時代的鄰居關係，還是讓人感動和懷念的。娜娜，妳知道嗎？關於這段日子，我媽天天掛在嘴邊的，就是我的外公躺在床上，周圍的鄰居們自發地、三天兩頭地、東拼西湊地送糧食來家裡。」對於說故事的人，其實心情都會受故事的內容而產生波動。此時，我不得不中斷這個悲傷的敘述。

「麗麗，如果時間真的能穿越，妳願意活在哪個時代呢？」娜娜輕輕地問我。

「我⋯⋯」我真的一時語塞了。人就是一個奇怪的物種，天天給妳好吃的、好喝的、好穿的、好住的、好玩的⋯⋯穩定的學習，穩定的生活，穩定的工作⋯⋯但是人就會感到特別沒力氣、沒意思，就想退回到那個缺衣少食的日子，反正沒有親身經歷時，覺得每天哪怕用蠻力挖回一籃子野菜，都會覺得那樣的日子肯定「幸福無比」。

「娜娜，如果時間真的能穿越，妳願意活在哪個時代呢？」我反問她。

「我想選擇回到奶奶的時代，回到窮日子的時代，跟這樣的日新月異相比，我更喜歡那份質樸、簡單。」娜娜認真地回答說。

「好吧！我的答案，如果要我選擇的話，我選擇現在。我喜歡生命的多變，各種不確定性，讓我們的生活充滿了挑戰和機遇。我喜歡這種衣食無憂的安全感，即使任何不幸來臨，我都能保持冷靜，用身體的吃飽喝足，給予生命動力和自信，換取明天更好的自己。」

我變成勵志大姐了。其實，我非常想告訴自己，四十幾歲了，生活需要多一點放下和看開，也許，這才是真正幸福人生的開始。

十九　榆樹葉

　　今天四十幾歲的女人,像我和娜娜,有結婚的,有沒結婚的,但無論在生活中遇到怎樣的艱辛,首先我們都能獨立生活,或者說,離開男人找到生存的方式。

　　我的外公生病時,其實外婆也剛經歷她人生的四十歲。她生養了三個孩子,一個孩子因為營養不良已經死了,而她的丈夫正在經歷嚴重的病痛折磨。婆婆過世,孩子們還小,一字不識的外婆承擔的生活重擔無法想像。更要命的是,家裡沒有任何錢,也沒有充足的糧食過日子,吃了上頓沒有下頓的狀況,讓她迅速蒼老,滿頭白髮。

　　母親說,當時她們的主食,幾乎就是榆樹葉和玉米糊做成的餅。榆樹葉,有一股濃烈的味道,母親從來不喜歡。但是,那樣的日子,能有榆樹葉吃已經算是幸福的了。外婆手巧,她盡量變些花樣,做給全家人吃。

　　榆樹葉是母親和舅舅去外面搶摘回來的。每天為了能摘到一些餬口的榆樹葉,大家都跟打仗似的。村裡的老人和小孩,每天唯一的事情,就是圍著村莊四周找各種吃的。所有野菜中,榆樹葉是最搶手的東西。

　　外婆會把摘回來的榆樹葉晾乾後,放在碾子上碾成粉末,然後和非常非常少的玉米粉攪拌在一起,做成榆樹麵條;有時也會和非常非常少的麵粉揉在一起,做成榆樹饅頭;還

有時和非常非常少的高粱粉摻雜在一起，做成榆樹糊。吃這些的時候，都是母親可以吃飽飯的日子，雖然榆樹葉難吃，但也帶給了一個孩子快樂的時光。

母親說，榆樹葉已經算是好東西了，因為它在肚子裡能消化。有些青黃不接的日子，人幾乎沒有任何東西可吃時，大人、孩子只能吃一些玉米棒來充飢（玉米棒就是吃完玉米後，剩下的玉米芯）。那些東西，吃到肚子裡，根本消化不了。不僅消化不了，拉也拉不出來，很多人，最後都因為吃了玉米棒脹氣而死。

吃，真的是人生頭等大事啊！無論如何，一個人先吃飽了，才能找到所謂的「精神幸福」，我是這樣認為的。

此時，娜娜也附和我，點了點頭。

哈哈，吃零食的時間到了。吃點水果，吃女人最愛吃的小甜點啦！

親愛的讀者，你是不是也休息一下，吃點什麼？我等你回來！

二十　炸藥

　　在那個不知道什麼叫「希望」的日子裡，人們只知道拚命地賺錢、換糧食，然後，活下去。身為家裡的棟梁，外公撐了幾年，便病逝了。那一年，我母親十六歲。

　　因為外公的去世，母親和舅舅迅速長大成人，為破敗的家庭撐起一片天。

　　此時，村子裡的委員會又貼出招聘訊息，工作內容是繼續為那條河開拓山路。十六歲的母親也是連猶豫都沒有，就報了名。鄰居勸她說，千萬別去，山上太高了，萬一出了意外，連屍骨都找不到。可是，懂事的她，除了選擇這條路為家庭解困，或者說，減少一張吃飯的口，別無他法。

　　舅舅留在家中陪伴憔悴的外婆。十六歲的母親，帶著家中唯一體面的被褥，和幾百個同時期報名的年輕男女們，在冬天風沙的肆虐席捲中，被大卡車運送到光禿禿的深山裡。

　　三歲時離開這片青山綠水，一個輪迴十二年後，母親以一個年輕勞動力，再次回到這片群山裡。但是，她早就分不清哪塊土地、哪汪泉水，曾是她的出生地。

　　到達工作地點，雖然和想像的差不多，但還是有很多初次離家的人在擦眼淚。母親表現得很堅強，她知道，這個時候，說什麼都沒有用，只有好好工作賺錢，才是她人生的活路。

工作內容很簡單，基本上就是挖土、埋炸藥，然後，把山炸開，再把堵路的土運走。在他們工作的基礎上，會有專門的人鋪通往山裡的公路。他們沒有專業、系統化的培訓，也沒有先進的開山工具，工作的危險度非常高。

有的山土質疏鬆，用幾次炸藥就炸開了；而有的山又高又陡，炸不到還容易發生山體下滑，如果一個不小心，非常有可能會被山上的石頭直接砸死。

工作危險不說，他們住的地方也很簡陋，幾十個人擠在一頂大帳篷下，颼颼的冷風順著帳篷間的縫隙，往裡面灌。為了能暖和一點，很多人都擠著睡覺。不僅如此，到了黑夜，還有野狼、野狗、野貓在四周徘徊。剛開始去的時候，一聲淒厲的狼叫，就會讓大家嚇得睡不著。後來日子久了，大家慢慢適應了，每天輪流安排人值班站崗，像小群的狼來，只要互相不影響，大家基本上也都能睡著。因為，白天的工作太累了。

在那個貧困的年代，年輕人的青春美好，被各種窺視吞食，邪惡像偷盜的老鼠，隨時伺機進攻他們的軀體。

母親總是說，能夠活到今天，她也算是有福分的人之一。因為在他們的工作過程中，不知道有多少人死在那連綿起伏的群山中，再也不能回家。

當年一場事故，是母親深入骨髓的記憶。那天，她的工作同伴們在半山腰上準備最後一次炸山，正是太陽快下山的

時候，夕陽殘紅，豔麗的形態讓人迷戀且沉醉。最後一個人負責把炸藥點燃，然後，所有人都隱蔽到安全的地方。但是很久，炸藥都沒響……

其實，這種現象在當時很常見。條件艱苦，許多炸藥都有問題，而且，多半是有狀況，不響也不炸。等了半個多小時後，有一些膽子大的人跑過去，想要把那個壞掉的炸藥拿回來再換個好的。我母親膽子小，不敢出去，且周圍好多人都去看了。結果……在人聚集最多的時候，那個炸藥突然響了，因為大家收工心切，這一次埋的炸藥量相當多……

至今回憶起來，母親都還會隱隱戰慄……石頭渣、人肉渣、手臂、腦袋、大腿、穿鞋的腳、沒有鞋的腳、殷紅的鮮血……在餘暉的照耀下，周圍像剛剛被掃蕩過的戰場，甚至比戰場還慘烈數百倍……

肅靜。

半個小時之後……

「這種死，我認為，也算是一種意外的收穫，無數個人結伴去天堂。大家在路上互相取笑，互相取暖，共同喝孟婆湯、過奈何橋，然後與這一世的愛恨情仇徹徹底底做一個了斷。什麼愛情，什麼放不下的工作，什麼濃濃的親人，容不得你去告別，也容不得藕斷絲連……」沉默之後，一向不相信鬼神的娜娜，居然絮絮叨叨地說了一堆。

「娜娜，這是一個偽命題，世界上沒有一個人能回答我

們，人死了之後會去哪裡。活到今天，妳知道，最近幾年，我為什麼愛運動了嗎？」

「為什麼？為身材好吧？或者是為了健康？」怎麼吃都吃不胖的娜娜，從來沒有想過減肥的問題，一天吃五餐對她這種天生就是易瘦體質的人來說，也都不會變胖，真是讓我們這些連呼吸都會胖的人「羨慕、嫉妒、恨」。

「七年前，有一天我搭公車去見個朋友。先說我的一個習慣，我喜歡站在司機旁邊，一來靠前、不暈車，二來有什麼事，能找他們幫忙。那天，車剛開出去三站，我就莫名地開始感到不舒服。那時候，我還能看著司機，看著身邊的每一個人。但是，我想告訴他們，我不舒服，請幫我一下。不知怎麼回事，我眼前浮現了各種天旋地轉的世界和嘈雜的聲音，唯獨我的身體極其輕盈。那一刻，我清醒地看到自己，我無法控制自己的身體了，我張不開嘴、睜不開眼，然後，不知道什麼時間點，我陷入一片永恆沉靜的黑暗之中……很久後，我感到一絲涼意，緩緩地睜開眼睛，看到自己被一個阿姨扶坐在靠窗的座椅上。大家圍在我的四周，七嘴八舌的議論著……我那時居然沒有想到感激大家，或者說沒有力氣向大家道謝，感謝把我拉回人間的人們。我那時只想到：『咦？我是怎麼又回到這個世界的？』好像是被一陣舒服的微風吹醒的……」說故事的我，停了五秒鐘，那一天與死神打交道的感受，依舊藏在我內心最深處，讓我有點恐懼，當

然，此刻，也有些坦然。我想，「死亡」這兩個字的真實感受，也許跟我當時經歷的差不太多。

娜娜有點驚訝：「這是什麼時候的事啊？怎麼沒有告訴過我？是不是低血糖了？」

「喲！妳滿有常識的嘛！就是低血糖，吃了一顆糖果，喝了一點水，意識就慢慢恢復了。但從那天開始，我認為，人從這個世界上離開，可能也就是這種感覺，並不是特別痛苦，而應該是一種解脫。所以說，死亡對我們活著的人來說，很簡單。活著，能夠讓自己的人生精彩，才是一件很難的事情、勇敢的事情、有挑戰的事情。對於自己的人生，妳不會這麼快就認輸了吧！」勸將不如激將，娜娜其實是一個很有生活夢想的人。這招一出，效果果然特別明顯。

她溫柔地拍了拍我的肩膀，然後，做出一個可愛的笑臉，萌萌地向我做出一個「二」的手勢。

是的，我們都會好好地活著。

二十一　民宿

　　不知不覺，到了中午時分，我們已經驅車平穩地來到了山景區附近。這天是工作日，景點的山路上，遊人和載客的巴士不太多。在路兩旁的各種農家建築中，我們同時看到了一個名字奇怪的住宿地。就像兩個好奇心很強的小女孩，我們幾乎同時說道：「今天晚上，我們住在這裡呀！」

　　這原本是個普通農家建築，後來改造成民宿。外表裝修的十分新穎別緻，各種顏色的外牆獨具特色，像個五彩繽紛的大花園。走進院落，不同主題設計的房間宣傳海報奪人眼球。娜娜很興奮，平時淑女的形象蕩然無存，專門選了一間掛有各種輪胎的屋子。躺在不同造型的輪胎之中，我們彷彿進入了一個夢工廠，很刺激，也很讓人放鬆。

　　太喜歡這個房間了，我們沒有著急去爬山，而是簡簡單單地盥洗之後，換上浴袍，在這張奇大無比的床上，舒舒服服地睡了一個午覺。對四十幾歲的女人來說，充足的睡眠十分有必要，身體輕鬆後，心情也會隨之清朗。反正，這是我的經驗之談。

　　睡醒後，簡單打扮了一下，我們來到櫃檯。透過櫥窗上的介紹，我們知道這家民宿是由一位年輕人創辦的。當我們正在認真地念牆上的文字時，巨幅海報上的創業者——一個眉清目秀的年輕人，像變魔術一樣，從上面走了下來，站到

二十一　民宿

我們面前。我們又驚又喜，一路上的悲傷、疲憊，瞬間化為烏有。連聲尖叫後，我們又像兩個小笨蛋，心甘情願地配合年輕老闆的帥氣表演。

那一刻，不知哪裡冒出來的各種怪問題，我們輪流向他提問。年輕人態度溫和，舉止儒雅，我們對他和他的民宿充滿了好感。他告訴我們，他的名字叫喬木，在這裡創業五年了，希望我們喜歡他的設計。介紹之後，他微笑著提議：「我這裡還有兩個年輕的男性客人，如果願意的話，我帶妳們一起去景點吧！」

哇！求之不得。能有人陪伴，還有導遊，我們當然舉雙手贊成。嘿嘿！其實，女人無論多大年紀，都應該保留一點點「好色」之心，這樣，才能讓人不老。反正，我是這麼認為的。我就是這種人，美麗的景色與美食，都能讓我體內的荷爾蒙高度分泌。親愛的讀者朋友，我只偷偷告訴你，不許告訴別人。如果你此時心情不爽，也試試這一招，趕快起床，去房間外，找個好看的風景或尋找美味的食物吧！

半個小時後，我們兩個穿著花裙子、手提高跟鞋、腳踩運動鞋的女人，跟著三個年輕人，一起向景點的售票處走去。

天氣很不錯，雖是午後，但是陰天，不熱、微風涼涼的。有三位男士陪同，我們也不客氣，順著山中石階，左一個姿勢、右一個造型地留下了各種美照。為了不辜負美景，

有時，我們就穿高跟鞋爬山，一股滿滿的熱情力量，被很多人羨慕。我和娜娜的「少女感」，由靈魂向肉體盡顯出來。

正在享受美好時光時，一位八十多歲的老奶奶，在兒子、孫子的簇擁下，也向山頂衝刺。每隔幾公尺，她就會問一問孫子：「這裡，滿像電影裡的場景呀！真不容易，你看山路都修成這樣了，我還是走得費力，想當年，他們多難啊……」

老奶奶的話傳到我們的耳朵裡，讓我突然有了某種使命感，我們一行人瞬間也收起了玩耍的心態，拿著地圖和書籍，跟在老人家身後，尋找那段並不算遙遠的戰鬥……一路上，喬木幽默又專業地為大家介紹景點，磁性的聲音和驚心動魄的故事內容，吸引了許多在路上的遊人。在介紹景點時，他還時不時加入他的民宿廣告和創業理念。很多人聽了這個年輕人的故事，都會不自覺地為他鼓掌。我也是其中之一，不聽不知道，這個喬木還是個榜樣呢！對他的好感進一步加深，我和娜娜成了他的粉絲。

我們的五人隊伍，不知不覺已經發展到十幾個人了。喬木像個大磁鐵，吸引著大家邊聽邊爬，彷彿沒有費什麼力氣，我們就站在了山的最佳觀賞點。

憑空遠眺，雖然我們只能遠遠地看著山峰，無法真正感受那份膽顫心驚，就如大多數人感慨的那樣：「我們在這裡為小情小愛多愁善感、要死要活，但是，想想那些捨生取義

二十一　民宿

的無名英雄們,我們的人生格局,真的是太小了。」

風兒輕輕吹過來,一股清香沁人心脾,所有人的心情都變得明亮起來。喬木說,我們走吧!猜想要下雨了。大家便紛紛從石階上站了起來,剛想伸個懶腰,雨點就立即滴落了下來。

二十二　下山

「呀！是甜的雨水……」娜娜伸出舌頭舔了舔。

「我們這裡空氣好，還有很多好吃的呢！趕緊下山，我帶大家嘗嘗這裡好吃又不貴的特色菜。」喬木故意高聲對著跟隨的遊客們說。

娜娜雀躍了起來，像個小孩子般緊追在喬木身後。

有了美食的誘惑，雖然伴著小雨點，從另外一條路下山，但願意跟隨喬木的遊客，都感覺腳步無比輕盈。

雨水讓山裡的臺階有些溼滑。此時，新認識的兩位年輕兄弟，他們便成為我們的救命拐杖。下山途中，逐漸熟悉起來的我們才了解到，他們兄弟倆分別叫楊曉峰和楊曉建，兩人僅相差一歲。他們剛剛大學畢業，前不久，他們曾以為恩愛的爸爸、媽媽，正式告訴他們，為了他們兄弟倆，父母假扮了多年夫妻，實際上早已離婚。當時聽到這個消息後，兩兄弟無法接受家庭破碎的事實，爸爸、媽媽與他們溝通了許久，他們才不得不接受現實。心情低落的兄弟二人，聽從了母親的建議，準備用兩個月的時間，自駕遊玩，主要目的是開闊心胸、重新開始。

目測兩個年輕人的身高約有一百八十公分，應該經常健身，肌肉發達而勻稱，真是名副其實的帥哥。生活中的一絲憂鬱，讓他們更加惹人憐愛。聽了他們的經歷，我在想，有

時一個善意的謊言，真的不是什麼壞事。莫名地，我也想起了自己剛走出學校大門的日子。

「這麼巧哇……」聽了別人的傷心事，娜娜變得有點反常，她一臉幸災樂禍，不僅開啟了話匣子，還跟兩兄弟說起了人生大道理。

我保有一點警惕之心，有意識地捏了一下娜娜的手心。她彷彿故意似的對我嚷嚷：「弄痛我啦！」

我用尷尬的笑對著大家。剎那間，我和喬木對視了一下。

我自作多情的感覺，讓自己彷彿穿越到我懵懵懂懂的初戀……那個雨天，那個笨拙表白的大男孩……青春真好……經歷真好……雨天真好……

雨，越下越大。當地賣雨傘的小販，熱情地向人群推銷。我正準備買傘時，喬木已經付了三把雨傘的錢。他自己撐了一把，我們兩個各自撐了一把。剛走幾步，娜娜故意嚷嚷道，她和我兩個人撐傘太難受了，她要獨自撐一把，要喬木跟我撐一把。

聽到娜娜的抱怨，喬木非常大方，拉著我，我們向山下走去。在雨中，我扶著他有力的手臂，突然有點期待 —— 這路是否能再長一些。呵呵！有點不開心的你，是否決定出門旅遊一下了呢？

總之，那時，我很開心。我和喬木也聊得很快活。

前面一處山體下滑，我站在那裡停了一會兒。喬木問我怎麼流淚了。雨水中，我跟大家說了我年輕的母親在山上工作的那段人生經歷……

二十三　男同事

　　經歷那場事故之後，母親生了一場大病，幾天不吃不喝，也不說話，天天癱躺在工地的帳篷裡。她有時發高燒，有時夜裡說夢話，精神世界顛倒錯亂。這樣的狀態，持續了整整兩個星期。沒有專業的心理醫生，我的母親真是傻人有傻福，她竟然憑藉自己的調整，逐漸恢復了神智，回歸到正常的生活。我時常都在想，如果是我看到了那樣的場景，是否會崩潰，是否能像母親那樣幸運，僅憑一種強大的求生意志，就能回到這個苦難與甜美並存的人世間。

　　也許是年輕的母親遭遇厄運的時間太早了，好運也會多多少少伴隨她一點。沒過多久，母親便被調到後勤，負責為工作同伴們做飯。

　　雖說做飯也不是一個輕鬆的工作，但比起在前方的危險，這份差事還是被很多人羨慕。偶爾，母親還能與其他做飯的同事加菜，不僅能吃飽飯，還可以吃點葷食。最讓母親幸福的是，再也沒有人管妳吃多少了，妳可以吃到撐，吃到「打嗝、放屁」。這對成長路上一直吃不飽的她來說，不亞於第二次「發育」。

　　大廚房就在工地附近，撐著幾口大鐵鍋。每天撿柴、選菜、洗菜、切菜、炒菜，為大家送飯，母親忙忙碌碌的。偶爾，能提前收拾好一切，她也和其他一起做飯的師傅們，跑

到廚房的外面，晒晒太陽，伸伸懶腰，聊聊未來，日子過得艱苦而充實。

那時的母親，不知不覺間越長越標致。頭上一條烏黑、油亮的大辮子，圓潤、細膩的臉龐，健壯、高䠷的身材，還有整天笑呵呵、爽朗的聲音，成為很多男同事們心儀的對象。

幾乎每隔一段時間，她就會在晚間收到各種類型的男同事的示好和「菠菜」。看著大家每天土裡爬、土裡鑽的，一心嚮往山外世界的母親，拒絕了所有男同事們的愛。

日復一日，光陰如梭。在山上工作的日子，一晃眼，六年就過去了。二十二歲的母親，在當時家人看來，年紀實在太大了，如果再不嫁人，再留在山上為家裡賺錢，整個家族都會被鄰居咒罵的。於是，在外婆的千求萬求之下，母親辭掉了那份工作，回到村中。

二十四　一見鍾情

時隔六年之後的春節前夕,母親終於回到了她用肩膀和血汗扛起的家中。為了省錢,這幾年,她一次都沒有回來過。這一次,回來就等著盡孝、嫁人。

進入房門,她看到一切還像當初離開的時候一樣,四壁破敗,沒有什麼像樣的家具。唯一變化的是,哥哥真正長大了,還娶了嫂子,但還沒有生孩子。自己的老母親又老了許多,頭髮更加花白,腿也不太俐落。因為兒女們已經可以撐起門戶,她的精神狀態還算不錯。

條件雖然艱苦,但飯總算是能吃飽了。大家難得團聚,在外婆的主持下,家裡特別做了一頓豬肉大蔥餡的餃子,替離家這麼久的女兒接風、洗塵。

在熱呼呼的大床邊,母親大辮子一盤、圍裙一紮,和嫂子很快就包好了一鍋漂亮的餃子。正在大家一邊說笑一邊煮餃子時,家裡來了好幾位年長的人。她們圍著母親左轉右看,笑瞇瞇地不斷點頭。

「真漂亮的女孩,真能幹,是個好手。」母親頓時明白了什麼,也不害羞,大大方方地說:「媽,她們是不是準備為我提親的人哪?我可是有要求的:一要知識分子,二要有手藝,三要個子高、長得帥。其他,隨緣。」

「閨女,還要加一條,不能出身高。」

「這條不算,我不怕。」

在外面工作了六年,母親雖然書讀不多,但聽書卻不少。廚房裡有一個會說故事的老師傅,每天工作空隙,為了讓大家有幹勁一些,時不時都會講一個「俠客」的段子,母親聽得如痴如醉。那些行俠仗義的好漢英雄事蹟,像小苗一樣播種在母親的夜夢中。她總是幻想著將來嫁人,她的男人也要像故事裡的英雄一樣,踏著七彩祥雲來護她、愛她。

在一九七〇年代,「家庭出身」這件事,對單身男女來說,非常重要。打個比方,如果你是「品行端正」的貧農,那麼你就有炫耀的本錢,你說什麼、做什麼都是對的,貧農身分會代表你是這個社會的主人。如果你是「地主出身」,那你就會被打壓、排擠,整個家庭彷彿會世世代代不受待見,翻不了身!

冬天是農村人最清閒的時候,也是媒婆們忙碌的時候。她們穿梭在村裡的單身男女之中,為未嫁、未娶的年輕人拉媒說合。在眾多的提親對象中,母親還真相中了一個,但不巧,他家是外婆最反對的「大地主」。

有了這個「大地主」的身分,不僅分田、分地受影響,就連下一代都抬不起頭來。不僅如此,連娘家也會受牽連,被鄰居們疏遠和奚落。

村裡的女孩們,都想離這種男人越遠越好。但是倔強的母親,就覺得他好。跟他接觸後,母親覺得他識文斷字、能

二十四　一見鍾情

說會唱、耳聰目明、能幹英俊⋯⋯反正，就是喜歡的不得了，認定要嫁給他。

我問母親，您懂「一見鍾情」這個成語嗎？

「知道。沒錯，我跟妳爸就是『一見鍾情』，我看妳爸一眼，妳爸看我一眼，我們就『鍾情』了。」母親一拍大腿，幡然醒悟，彷彿終於找到了對那段「著魔但從未後悔」的愛情，最好的概括。

二十五　愛情

「哎喲！妳媽媽的戀愛，原來這麼浪漫啊！」大家七嘴八舌地打斷了我講述的故事。

「聽妳說包餃子，我們都又饞又餓了。先走吧！到餐廳，邊吃邊聽。」雨小了很多。大家互相扶持著，向喬木推薦的餐廳走去。

雖然下雨，但這家店的人真不少。

這是一家燒烤店，是年輕人喜歡的裝修風格。一進門就看到各種時尚標語，我們邊走邊讀：

「越努力越幸運！你不努力，誰也給不了你想要的生活」、「身邊若有對自己好的人，瞬間亦是永遠」、「愛情是一種宗教」、「愛情就是愛情，即使當柴燒也是美的」、「愛情往往開始於見面的第一眼」、「時間，可以了解愛情，可以證明愛情，也可以推翻愛情」……

「我最喜歡這句 ── 時間，可以了解愛情，可以證明愛情，也可以推翻愛情。」娜娜說。

「好，那我們就坐在有這個標語的桌子。大家隨意坐。」喬木招呼十幾個人。這次導遊，喬木收穫不少，這些追隨者都成了他的客人。

「這個，這個……十串、五串、兩串……再來一箱啤酒。」大家興致高昂，搶著點菜。

「各位哥哥、姐姐好，我為大家唱唱歌、助助興，怎麼樣？」一個像大學生的男孩站在我們的桌邊，手拿歌單向大家說道。

「好啊！我看看唱什麼好。」娜娜興致勃勃地說。

「來一首〈新不了情〉。」喬木突然搶著點歌。

「心若倦了，淚也乾了。這份深情，難捨難了。曾經擁有，天荒地老。已不見你，暮暮與朝朝⋯⋯愛一個人，如何廝守到老⋯⋯」一曲歌罷，四周的其他人都不由得叫好。

「好聽，好聽！你多大啦？」喬木喝了一大口酒後問他。

聽到表揚，年輕人有點臉紅，他低聲對我們說：「今天是我人生中第一天上班，哥哥、姐姐們，請多擔待。」

「哦！是這樣，那我們想借用你的音響唱幾首歌，可以不可以⋯⋯」

「當然可以！」年輕人是學音樂的，來這裡兼職打工，賺點零用錢。聽到我們有人要唱，他立刻把麥克風遞了過來。

「⋯⋯鐘聲響起歸家的訊號，在他生命裡，彷彿帶點唏噓，黑色肌膚給他的意義，是一生奉獻⋯⋯迎接光輝歲月，風雨中抱緊自由，一生經過徬徨的掙扎，自信可改變未來，問誰又能做到⋯⋯」

在喬木勁爆十足的歌聲中，大家被激發的情緒，像狂潮般洶湧澎湃。在大家頻頻的推杯換盞中，我彷彿看到遙遠的地方，我年輕的母親，為了她的愛情，正在被外婆、舅舅、

舅媽，還有七大姑、八大姨包圍勸阻，與所有反對她的人，爭吵得不可開交……

二十六　郝思嘉

　　雞犬不寧中，含著眼淚不低頭的母親撂了一句狠話：「不管將來的日子是好是壞，我自己都認了。」

　　外婆被氣得渾身哆嗦。舅舅在氣憤中，舉起手，重重地打了她一巴掌。「啪」的一聲，母親的臉瞬間腫了起來，舅舅用的力氣太大，鮮血順著母親的嘴角流出。打完的那一刻，舅舅的手停在半空中，母親也愣住了。這一巴掌，從此以後，他們的兄妹情誼，再也沒有真正地化解開過。

　　沒有親人的祝福與陪送，為了愛情的母親，在閒言閒語中，嫁給了自己認定的「一見鍾情」的男人，也就是我的親生父親。她因這一場婚姻，經歷種種風風雨雨。但是，直至今日，母親仍舊固執地認為「值得」！

　　身為一個四十多歲的女人，在聽到母親為自己的愛情勇敢擔當時，我肅然起敬。我親愛的母親年輕時的形象，一定是敢作敢當、樂觀豁達的！

　　講到這些，我就想起了自己的愛情。到目前為止，我還從來沒有遇見過什麼男人，值得我這樣付出。

　　年少時，沒有人教我如何去獲得愛情，沒有人告訴我婚姻對女人來說到底意味著什麼。

　　二十四歲的那年，匆匆忙忙中，我嫁給了一個熱愛工作和旅遊的人。我們之間沒有過多的了解和相戀，我只是單純

地認為,一個為工作而瘋狂、熱愛旅遊的男人,超級有魅力。但是隨著婚姻存續時間的增加,我才真切地明白:為工作而瘋狂的人,工作排第一;熱愛旅遊的人,陌生的世界排第一。那些漫長的人生歲月裡,他的身邊,不會有我的影子。我就像一具被冷藏的行屍走肉,完成傳宗接代的任務之後,生命裡就再也沒有了熱和冷,一切都是恆溫的隔離。

本以為,我的餘生就這樣過下去了。但是,人的命運有時不由得妳作主,我以為命定的人生,突然,轉折點出現了!

那一天,我所謂的另一半又獨自去遠行,孩子去了鄉下奶奶家。我一個人在家。同樣是淅淅瀝瀝的細雨,莫名的煩悶中,我走進書房,準備重溫一下年輕時最喜歡閱讀的小說《亂世佳人》(Gone with the Wind)。我喜歡那個複雜、獨特、漂亮、迷人,集女性氣質與男性氣質於一身的郝思嘉(Scarlett)。在我的潛意識裡,我多麼希望自己也能擁有與她一樣的愛情和生活勇氣。但我是一個懶女人,不願意改變現狀,因為,現在的婚姻雖然有很多的不滿和委屈,但是它給予我衣食無憂的安全感。

可是,正如這本小說所說的,對於人類的生存,不僅僅是物質上衣食住行的滿足,還有精神上的信仰和道德上的滿足。生活迷茫的我,準備拿起書,尋找力量。這時,門鈴響了。從貓眼中,我看到門外站著一個男人。我認識他,我跟

他的妻子是好姐妹，經常來往。

　　打開門，我請他進來，泡茶給他喝，並在他旁邊的沙發上坐下。他從來沒單獨找過我，況且這麼晚。「怎麼了？」我好奇地問。我想，他們大概吵架了。

　　男人不說話，突然雙手抱頭，喉嚨裡發出的哽咽聲，把我嚇了一跳。「別哭，你們怎麼啦？」我驚慌失措地問。

　　「我們離婚了！她告訴我，她愛上別人了！」男人聲音很小，但我聽得很清楚。我愣住了，我跟他的妻子是相熟的朋友，但他們的私生活，我很少關注。

　　房間裡，除了男人的傷心哭泣，便是如死水一樣的寂靜。我怕驚擾鄰居，拉上了窗簾，然後，靜靜地坐著。長這麼大，我很少這樣看一個男人。他穿著灰色運動服，雖然有些肥大，但不難看出，他是個愛生活、愛運動的居家男人。

　　「在生活中，誰都有不容易的地方啊！」我不由得感嘆出聲。那個男人聽見了，停止了抽泣，轉過身來淚眼婆娑地看著我，像個孩子。這就是男人，貌似強大，實際上比女人還不堪一擊。我心裡不由升騰起一股天性的溫存，去拿熱毛巾幫他擦臉。

　　「喝點水吧！」幫他擦臉之後，我遞給他一杯溫茶。

　　他突然站了起來，雙手抱住我。我沒有拒絕，像個母親似的拍拍他寬厚的後背，憐憫地說：「好了，好了，回去吧！睡一覺，明天的日子還要繼續過。」

男人聽了，怔怔地低頭，望著我說：「我喜歡妳。」

我的心「怦怦」亂跳……然後，我們躺在我與丈夫的床上。我們談了很多早年的事情：童年、青春、初戀、第一次做愛。很久沒有和一個人聊這麼多話了，那一刻，我覺得自己開始愛上這個男人。

「妳真好！」男人側過身來，眨了眨眼睛，語氣很堅定地說，好像突然對自己的婚姻有了新的頓悟。

我似乎受到了感染。一時間，我與他就像兩個同病相憐的苦命人。夜，太靜了，只有兩個人的呼吸聲在房裡震盪。我倆的熱情被點燃……

「一夜情」、「出軌」，跟我無關的詞語，從那天開始，沾染了我。生命中多了一個他，我想了很多，包括離婚，也想過把性與愛分離，就這樣胡亂地過日子。但身為一個感性與理性並存的女人，我每天都在喜悅與痛苦中煎熬。我無法像母親一樣堅定地判斷 —— 人到中年的我，選擇哪個男人過日子，才能幸福到老。

二十七　點歌

　　喬木又連唱了兩首歌，釋放中透著憂鬱。他把麥克風遞給我：「想什麼呢？也為我們唱一首。」

　　「我不會。給娜娜唱吧！」我把麥克風傳給娜娜。她正和唱歌的年輕人激烈地辯論「愛情」。

　　「姐，我一九九〇年以後才出生，至今還沒有談過戀愛，我覺得呢……現在女孩子都太現實了，我養不起，我也沒有那麼多精力哄她們，所以，我也不去追求任何一個愛情。即使超級喜歡，我也只是暗戀一下。」說完，他用拇指和食指做了一個「比心」的手勢，超級萌態。

　　「弟弟，你錯了，青春是一場雨，一定要讓人生溼一回、哭一回，否則，你會後悔自己曾經那麼年輕的……」娜娜醉醺醺地教導別人。

　　曉峰、曉建兩兄弟，靜靜地聽著，像兩個非常乖的大男孩。其他人，吃著、唱著、喝著，各自找話題、找樂子，開懷大笑。坐在嘈雜的餐廳，剛剛經歷父母離異的他們，顯得有點靦腆和拘謹，面對「愛情」這樣的大話題，居然不知道怎麼插嘴。看著他們，我突然開始想念我的兒子。

　　也是這一刻，我才知道，我所承受的一切痛苦，好像也跟兒子有點關係。我痛苦了，兒子還能有個家，還可以感受到在完整的家中長大的快樂。我很欣慰，因為兒子是一個非

常懂事、非常孝順的孩子。他們兩兄弟的父母，能等到孩子這麼大了才去離婚，不就是因為他們嗎？現在好了，他們長大了，他們的父母也可以重新開始剩下的人生了。

「我覺得，如果兩個人關係好，就認真、負責地在一起。如果的的確確無法過了，也不要為了誰硬撐著。其實，孩子也不笨，越長大越能感受到家庭氣氛的不協調。在這樣的環境中長大，我們也很憂鬱。」哥哥曉峰輕描淡寫地說，弟弟似乎也感同身受，附和地點點頭。

聽到他的話，我的頭上像爆了一個炸彈，情不自禁地打了一個冷顫。娜娜雖然喝多了，但是她也聽懂了，她停住了留在嘴裡的酒，含著、沒有吞下，鼓著兩腮。喬木感受到空氣的變化，不自然地撐起手臂、托起臉頰，看看曉峰兄弟，看看我們姐妹，又看了看周圍那些新加入的朋友。

唱歌的年輕人收拾好自己的吉他和音響，準備去別的桌子推銷。

「弟弟，這個姐姐喝多了，千萬別聽她的，你呀！好好讀書、好好唱歌，以後一定會有喜歡你的女孩子主動追求你的，我跟你說，你唱得真不錯……」望著他的背影，我嚷嚷著。

他向我再三揮手點頭。

「喝酒喝酒……」娜娜提起酒杯，跟大家碰杯。

離家兩天了，我下意識地拿出手機，想打電話給遠方的

兒子。手機拿在手裡，又放下了。「喝酒⋯⋯」

「剛才妳說父母的故事，我們都滿感動的。來，邊喝邊聽，麗麗，妳再繼續說給我們聽吧！」喬木說。

二十八　長青

　　我的親生父親,有一個好聽的名字,母親喜歡叫,父親也回應得響亮。今天,我們的故事裡,身為女兒,就幫他取個假名字,叫「長青」吧!

　　母親說,「長青」的爸爸,也是就母親的公公,我的爺爺,曾是當地學校的校長,人長得慈眉善目,談吐不俗。「長青」的媽媽,也就是母親的婆婆,我的奶奶,是個大戶人家的大小姐。因她在家中排行老大,個性特別潑辣,從小像個小男孩,騎腳踏車、照相、抽菸、喝酒、打架,一點也不像大家閨秀。不僅如此,還念私塾,寫文章,懂一點外文。據說,她的娘家曾是個大鹽商,經常與外國人做生意。跟老外打交道,奶奶就像對待鄰居一樣稀鬆平常。

　　長大到二十多歲的年紀時,奶奶家裡的人把她寵得十分高傲,一般的年輕人她都看不上。最後,奶奶耽誤了自己的婚事。聽說是因為熟悉她的人,都怕家裡的單身年輕男子罩不住。再後來,提親的人越來越稀少。

　　有病亂投醫,她年紀大了,也就自動降低標準。

　　家裡人聽說爺爺年紀輕輕就當了校長,又是書香門第。這次,奶奶的雙親,連招呼都沒有跟她打,看過男方的條件後,直接就把婚事給定了。爺爺的家雖是書香之家,但家道開始中落,急需一個有財力的家族支援。就這樣,被落單的

大齡女子——我的奶奶，成了婚姻的犧牲品。

在他們成親之前，雙方沒有見過面。內心也開始有點不安的奶奶，這一次，沒再執拗，乖乖地上了花轎，把自己嫁了。在那個年代，一個女孩子無論怎麼前衛，最終還是要被傳統的習俗綁架，除了嫁人，彷彿沒有什麼其他的出路。

爺爺家雖然沒有奶奶家財大氣粗，但也是當地很有影響力的大戶人家。對新娶的媳婦——奶奶的到來，也極度鋪排了一次。

據說在當年，他們的婚禮是村中一場最大的豪華秀，風光至極。不僅有當地政商名流出席，新娘子的鳳冠霞帔也引來所有未出嫁的女孩們的羨慕。還有那迎親、送親的隊伍和村中見都沒有見過的嫁妝，整整從進村口一直排到出村口，一度造成交通堵塞。送親、迎親的喇叭吹了三天，鞭炮放了三天，大戲唱了三天，流水席吃了三天，整個村莊也陪著他們小倆口熱鬧了三天。

一個叫孔大海的小朋友，那時也就四、五歲，後來他長大之後，成了村莊的村長。在爺爺娶親那天，他光著小屁股，緊跟著新娘子——我奶奶——的大花轎，一直鑽到洞房。而且，在後來很長的一段時間裡，念念不忘，逢人就吸著鼻涕說：「那個新娘子，太漂亮了，等我長大，也要娶一個這樣的媳婦。」惹得村裡的長輩們，在他當了村長後，還會在背地裡取笑他。但是，他也不在乎，別說，他透過自己的

本事，真娶了一個跟奶奶個性差不多的悍妻。

因為這段小插曲，後來奶奶在村裡被分配工作時，稍微有一點好處，就會被大家在背後說壞話。因為這個，聽說這位村長一見到我奶奶，還會臉紅害羞。

爺爺長相還算中規中矩，一派儒雅知識分子的氣質。我奶奶天生麗質，身材挺拔有型。她雖然性格高傲，但對讀書人還是非常敬重的。以個性來說，爺爺是個慢條斯理的人，做事考慮周全；奶奶是個急性子，以自己的喜愛來評定事物。他們兩人結婚後取長補短，還算匹配和恩愛。雖然，在外人看來，他們之間沒有什麼花前月下的兒女情長做鋪陳，日子過得倒也安穩。婚後的幾年時間裡，奶奶為爺爺連生了三個兒子和一個女兒。

那個年代，能連生三個兒子，是多大的面子和本事。有三個兒子撐腰，家庭地位本來就高的奶奶，直接榮升家族老大。在家裡，爺爺是奶奶的俘虜，大小事情，他一概不管，全讓奶奶作主。而且，無論對錯，爺爺聽之、任之，不會有任何的頂撞和還嘴。

身為長孫女，我記得，小時候，我到奶奶家，爺爺很疼愛我，想拿點心給我吃，但他自己不敢直接拿。看到奶奶不在家裡，他便會用眼神向我報「軍情」。小孩子在吃的方面特別有天賦，爺爺的眼神，我立刻心領神會，趁奶奶不注意，我們幾個孫子、孫女就會翻箱倒櫃，偷奶奶藏起來的點心

吃。事後，被奶奶知道了，她會換個地方藏，偶爾也會罵我們幾個是一幫「小土匪」，倒也沒有真的生過氣。

爺爺、奶奶之間到底是愛，還是不愛呢？在今天的我看來，應該最初相互喜愛過，最後是所有年輕人不得不承認的親情陪伴。

在他們夫妻最後幾年的時光，爺爺患病癱臥在床無法下地，奶奶只是盡基本義務去照顧他。每天，她會把爺爺要吃的、喝的東西準備在床邊，然後，簡單打扮之後，就跟鄰居們去打牌、消磨時光了。

奶奶一走就是一天，臥病在床的爺爺行動不便，所以他每天吃的幾乎都是冷菜、冷飯。小時候，爺爺疼愛我們，每次放學，我們經常會去看爺爺。他因為多年在床上，說話已經不清楚了。看到我們，他也不避諱，指指尿壺，意思是要我們幫他倒了。愛乾淨的爺爺，不喜歡那個東西放在房間裡。

久病床前無孝子，何況一般的老夫老妻。爺爺去世那天晚上，還不耽誤奶奶和鄰居們打麻將。奶奶家熱熱鬧鬧，我當時身為小孩子，都有點分不清是辦喜事還是辦喪事，大家臉上的悲傷都很少。我只看到，爺爺的遺體要被拉出家門火化時，奶奶可能是表演給鄰里看，也可能真的覺得痛苦，她拖著長腔長調，連說帶唱地哭訴自己和爺爺相伴的辛酸。

內容大概是：「我跟了一輩子，好日子也沒有享受過幾

天,如今,你撇下我一個人,算是怎麼回事?到了那邊,你要幫我們多說好話、多討吉祥……」那一刻,我看著眼淚、鼻涕縱橫的奶奶,非常驚訝。原來,這就是人生最後的送別。

如今的我,開始理解了人生。我沒有埋怨他們。我理解了爺爺和奶奶的一輩子。無論怎樣愛與恨,多年以後,他們都離開了這個世界。沒有留下死不同穴的遺言,所以,他們的兒女們,把他們的骨灰永遠地埋葬在一起。情與義、愛與恨,最終都化為風沙,散在無窮無邊的宇宙中。

二十九　結婚

那時，孩子多。國窮、家窮，日子也窮。

能領一點爺爺退休金的奶奶，把金錢和時光幾乎都消磨在麻將桌上。身為生活在農村的老太太，奶奶從來不甘於過那種「圍著廚房轉」和「在孫輩的吵鬧中最簡單、樸實的」幸福日子。她比大多數的農村老太太活得灑脫，抽菸、喝酒、跳舞、打麻將。晚年生活，她就靠這樣的安排，度過了一個又一個寂寞、無聊的日子。

我偶爾在想，如果奶奶活在今天的時代，她的人生又會是怎樣的呢？

同體質的人自帶吸引力。我的母親，也是一個對讀書人偏愛的女孩，看中我父親這一點後，她死心塌地嫁給奶奶的大兒子。在愛情中的女孩，情商、智商都會比較低下，會自動封鎖男方任何缺點，或把缺點也視為另外一種美好。我媽就是其中一個，還「中毒頗深」。

在那個特殊年代，每個家庭都會被劃分。因為當年奶奶和爺爺家都是附近首屈一指的大戶人家。所以在劃分身分時，毫無意外地被劃分為「大地主」。這個家庭身分，影響一家老老小小。他們不僅被村裡人看不起，還在分田、分糧食以及孩子上學、從軍等事情上，受到重大限制和影響。一般女孩，連碰都不會碰這樣的家庭。

我不明白的是,我親生父親究竟使用了哪些「花招」,把我那「野心勃勃」的母親給迷住了。而且,一愛就是一生,「死不悔改」。

他們結婚那天,我父親借了一輛腳踏車,進行簡單的點綴。所謂點綴,只不過是在腳踏車的扶手上繫了一朵大紅花,後座上放了一個大袋子,裡面裝了一套碎花裙和一雙淡綠色的涼鞋,還有一盒給外婆的點心匣子。

那天上午,陽光明媚,適合為莊稼施肥。我親生父親忐忑不安地趕到了外婆家裡。他知道,這個家裡,除了母親,沒有一個人歡迎他。但為了娶媳婦,他壯著膽子,走進院子,把新衣服和新鞋子遞給母親。母親也不管家裡人的難看臉色,跑回房間,快速換上。然後,照著破鏡子,梳理了兩條大辮子,手上提著裝有幾件舊衣服的包裹,就和父親走出房門。沒有任何人相送,他們手挽手站在大門口,向屋裡的外婆三鞠躬。然後,當新娘的母親,像隻活潑、調皮的猴子,一蹦,就跳上了父親的腳踏車後座。她一隻手臂摟著父親的後腰,一隻手臂掛著她的全部家當。如此這般,這個書讀得少又任性的女孩——我的母親,就這樣把自己嫁掉了。

其實,有時看起來,母親跟奶奶有很多地方還是滿相像的。她們倔強、好強,有自我主張。身為女性,在那個年代裡,這樣的個性其實非常吃虧。放在今天,我們大不了單身到老,生活的方式有千種、萬種。

二十九　結婚

　　話是這麼說，但年過四十的我，突然驚奇地發現，我也跟隨了奶奶和母親，在婚姻大事上，一點也不成熟，隨性而為。

　　那天，父親用腳踏車載著母親來到他們的大家庭。進了父親的家門，奶奶家還算熱鬧。他們沒有請任何鄰里親人，自家人在一起說說笑笑，慶祝新人成家立業。因為出身不好，無法為大兒子娶妻，這件事一直堵在爺爺、奶奶心頭，今天，大兒子終於娶了妻。那一天，他們把要在過年用的肉、油都用了，炒了菜、燉了紅燒肉，還包了一鍋餃子。開始吃飯前，父親和母親在全家人的注視中，給爺爺、奶奶三鞠躬，如此，一對小夫妻就算完成了大婚儀式，他們成為合法夫妻了。

　　結婚就分家單獨過。

　　母親和父親分得的資產如下：兩間廂房，其中一間，有一個大衣櫃、一張吃飯的桌子和三把椅子，外加一件五成新的舊棉大衣。這些家具是由父親親手做的，由爺爺指揮，刷了大紅色的油漆。在兩間房子裡，還有一件特別顯眼的東西，在當時看來，它最珍貴，也最值錢，也是以後母親無論去哪裡，都要帶上的寶貝──奶奶全家人從牙縫裡摳出來的錢，買來送給新兒媳婦的聘禮──一臺縫紉機。

　　婚後的日子非常艱苦，但母親卻覺得無比幸福。因為在她看來，和相愛的人生活在一起，是最重要、最開心的事情。

我親生父親身材偉岸，體格清瘦，性格活潑幽默。聽說他在學校讀書期間，學業成績極其突出，優異的他，讓同學們留下了深刻的印象。

　　父親長大成人後，因為聰慧，成了當地少有的拖拉機手，會開還會修理。不僅這些，聽母親說，父親還會打快板、唱民間小調，他經常帶著村裡的人去附近的村子，表演節目給村民們看。

　　父親的一切，在母親的眼中，她都歡喜至極。所以，即使父親的家庭出身不好，在很多方面受阻、受限，但母親依舊堅信，那些都不重要。只要能與父親生活在一起，就是她最大的幸福。

　　的確，他們在一起的日子，每天都十分精彩。父親盡他最大的能力護著母親、寵著母親。實在沒有什麼事情可做時，他就為母親唱一首一首情歌。母親說，她愛聽父親唱歌，也愛看父親眉眼間的笑容，她說覺得心裡特別敞亮舒坦。

　　父親對她的愛，展現在點點滴滴的小事上，母親一件件全部清晰地刻在心頭。比如，父親得知母親懷孕時，那份興奮，那份喜悅，那份擔憂。喜的是，很快就要當爸爸了；憂的是，家裡太窮了，僅夠吃飽飯，不能幫母親補充什麼特殊的營養。

　　後來，眼看著母親的肚子大了起來，卻因為缺少營養，

二十九　結婚

經常腿抽筋走不了路。父親急得不顧危險,在夜深人靜時,拿著一個麻袋,一個人悄悄地上山,藉著月光,打野核桃、撿乾蘑菇。

「去山上至少三次。我也不睡,每次摸著大肚子等妳爸回來。肚子裡,就是妳。妳現在頭髮又黑又粗,跟我吃的野核桃很有關係⋯⋯」母親每次講述這段,都會指著我的頭髮說。

「還有啊!那時家裡吃飯,全家人都在一起。因為柴火少,糧食有限,每人幾乎只能分到一碗玉米粥,我懷孕了,你爸為了我能多吃兩口,每次都先滿滿地幫我盛上一大碗。而他自己只盛半碗。然後,再把鍋底搶過來,用開水沖沖,刮刮盆底,把最後的湯水給我吃,也是為了妳能長得好⋯⋯」母親說到這裡的時候,總想用指頭點我的腦門,意思是,我們為了妳能長大健康,付出了多少,妳還老是氣我,真是個沒良心的傢伙⋯⋯

面對幾位新老朋友,我又說到了關鍵處 —— 吃飯。

「來,為我們的爸爸、媽媽們,乾一杯!」喬木聽得眼睛有點溼潤。霍地拉開椅子,站起身,舉著酒杯。受故事的影響,大家很配合,齊刷刷地站了起來,十幾個大生啤酒杯「砰」的一聲,碰撞在一起,這就是我們所經歷的人生瞬間。

「那時的幸福,好簡單,身為一個女人,也太容易滿足了吧!」年輕的曉建有點不太理解,落坐在椅子之前,彷彿在問我。

「但是,日出而作,日落而息,回到房間裡,都是有愛的男人和女人,這樣的日子滿好的呀⋯⋯」娜娜反駁。

「是啊!我父親對母親這樣簡單的好,這樣濃濃的愛,成了母親一輩子的想念,一輩子的支撐和信仰。你說,這是我母親的傻氣呢?還是福氣呢?」一杯啤酒見底,我問所有人。

「福氣!」喬木說完,一仰脖子,把杯中剩下的半杯啤酒一飲而盡。

三十　本命年

「本命年犯太歲，太歲當頭坐，無喜必有禍」的民謠，是關於本命年不甚吉利的最好寫照。本命年可能是個「坎」，但這並非一些神祕莫測的原因造成，而是從心理的角度來看的。

十二歲時，一個人心理上的坎，要麼表現為早熟，失去應有的童真，導致行為上的越軌；要麼心性從此滯留不進，總害怕進入「大人的社會」。二十四歲時，心理上的坎可能趨於兩個極端，一是成為對社會、對長輩，尤其是對固有的傳統、規範，打從心裡迸發出反叛的情緒，追求顛覆性、破壞性快感的人；一是成為自卑、懦弱，沒有任何主見，特別害怕長輩、上司、權威，總是自慚形穢而又找不到提升自己途徑的人。三十六歲與四十八歲這兩個本命年中，人心裡的坎一般也有兩種：一是過度自我肯定，覺得功成名就，前程似錦，欲望擴大到如即將崩裂的氣球而不自知；一是過度自我否定，覺得老大不小仍成不了氣候，前景黯淡，對自己萬念俱灰。到了六十歲，一個人心理上的坎又轉化為：要麼覺得難以適應新事物，沉溺於懷舊；要麼憤世嫉俗；要麼心灰意冷。這些心理危機又轉化為生理上的疑神疑鬼，總覺得自己「不行了」，彷彿人生的幕布也將就此落下。

想平安度過這幾個心理危險期，有兩個解決方法：一是

需要周圍人的幫助和扶持，二是要學會自我調節。

為什麼要說這些呢？

因為喬木說，他今年是本命年三十六歲，特別不順。重新裝修的民宿雖然設計獨特，但是入住率不高。他相戀多年的女朋友因為房子、車子的問題無法解決，也和他分手了。年邁的父、母親感情也一般，一個在國外，一個在國內，家不像家，日子過得沒有什麼特別大的希望。雖然他已經很努力，但有時還是很徬徨，不知道一個男人拚命賺錢、拚命努力，到底是為了什麼？

是啊！一個人來到這個世界，到底為什麼而活呢？為財？為名？為義？為情？為愛？

「應該是一個綜合的定義吧！我們都是別人生活裡跑龍套的角色，是自己小環境中的主角。但我們最初都是從猴子變來的，所以孤立的生活一點都不好。為了能活得心安一些，只能偶爾犧牲小我，配合大我了。」新結識的一位大姐說。

「天下沒有完美的父母，我們都是普通人，都有自己的局限性，但也都在盡力的努力做到最好。我也跟大家說個故事。曾經有一個紀錄片，在講一個小獅子如何贏回愛，很感人。」

「一隻受了傷的小獅子，走路一瘸一拐的，看起來傷殘了。在殘酷的大自然面前，獅子媽媽往往沒辦法養活所有的孩子。牠會故意拋棄最弱的小獅子，把生存的機會留給更有

可能活下來的孩子。所以，這個受傷的小獅子，被媽媽拋棄了。每次牠想湊到媽媽身邊喝奶，都會被無情趕走。媽媽咆哮著，警告牠不許靠近。因為受傷和飢餓，小獅子非常虛弱。父母帶著兄弟姐妹去找吃的，牠跟不上家人的隊伍，一次次被甩在後面，孤單一個，拚命追趕。好不容易趕上了家人，但沒有人歡迎牠。因為受傷和脫水，牠越來越虛弱，瘸得也更厲害了，甚至沒有力氣走直線。但牠必須要跟上，否則就是死路一條。可憐的小獅子，奮力拖著受傷的腿，哀號著、堅強往前走。牠絕不放棄！好不容易又趕到了媽媽身邊，兄弟姐妹都在喝奶，牠獨自在外面等，讓別人先吃。等來等去，牠終於鼓足勇氣靠近媽媽，想喝一口奶。可是媽媽一腳踢開了牠。獅群繼續出發，去找水喝。小獅子太過虛弱，跟不上，只能站在山崖邊，遠遠地看著獅子們喝水。虛弱的小獅子很渴，但牠找不到走下山崖的路。牠一次次艱難地嘗試著，努力想要靠近獅群，去喝一口水。而底下，水中的鱷魚正在等牠失足滾落，美餐一頓。獅子媽媽終於不再袖手旁觀，牠走過來，把小獅子叼到岸邊。奄奄一息的小獅子，終於蹲在淤泥裡，喝到了一口水。這是拚命努力之後的回報。喝完水，小獅子遲疑著，靠近自己的媽媽。而媽媽終於不再拒絕牠。這是很長時間以來，媽媽第一次允許牠靠近、喝奶。媽媽似乎找回了對牠的信心。吃完這救命的一餐，家人再次離開了。小獅子還是最弱的，還是跟不上大家

的腳步,牠瘸著腿遠遠地跟在後面。奇妙的事情發生了。另一隻小獅子停了下來,等著牠跟上去。接著,整個家族都停了下來,耐心地等著牠。堅強的小獅子,終於用不懈的努力,為自己贏回了愛和活下去的機會。」

「孩子們,在這漫長的一生裡,你我也一定會有那麼一刻,就是這隻無助的小獅子。可能是被父母嫌棄,也可能被朋友孤立,被上司質疑,被客戶拋棄⋯⋯怎麼辦?坐在地上哭是沒有用的。唯一的出路,就是像小獅子那樣,無論多麼艱難,都絕不放棄。放下矯情,放下脆弱,放下沒用的虛榮心,不顧一切地向著目標去,拚盡全力贏得你想要的東西。你很可能會發現,當你夠堅強和夠努力,世界真的會停下來等你,轉身擁抱你。」

又是一次掌聲 —— 為這個故事,也為說故事的老教授精彩的講述。

「來來來,大家把最後的啤酒喝了,讓我們都成為這隻不放棄生活的小獅子。乾了這杯,我們就去睡覺,怎麼樣?」我有點疲憊地說。

「好,為我們美好的明天乾杯!」我們十幾個人,在最後的啤酒泡沫中,建立社交軟體的群組,然後,回住宿地。

要是按照別的小說情節,應該會發生點小情小愛之類的插曲。真可惜,我們這些年紀不同的男男女女,什麼也沒有發生。大家只是一路相伴上下山,晚上喝了酒,喝的有點

多，有點累了。進了房間後，在群組裡互道晚安，打著響亮的呼嚕，睡到日出東山……

第二天起床後，昨天建立的群組裡未讀訊息一大串。兩個兄弟已經按照他們的計畫，向下一站出發了。喬木留言，聽了我的故事，他要回家接他爸，跟爸爸住一段時間，再打個電話給前女友試試，看看她還能不能回來。看來，日子在前行，我們都在長大。

聽到大家四處分散的消息，娜娜穿戴整齊，站在我的床邊，很虔誠地對我說：「麗麗，謝謝妳陪我，我的心情真的好多了。為了一次不成功的愛情，我把自己差點弄丟了、殺死了，太不值得。人世間，沒有什麼大不了的事情。我想，我要把每一天都活成光鮮亮麗的一天！快點起床，我們也回老家吧！我想去看看故事的主角，像小獅子一樣的老媽媽！」

「看老母親，這個想法好。收拾東西，打道回府。」我一個鯉魚打挺，精神十足。

天空還飄著絲絲小雨點，煥然一新的樹木和山林，還有溼潤的空氣，這樣的感覺，讓行在路上的我們，特別愜意。

「昨天喬木說，他今年是本命年？麗麗，這讓我想起了自己二十四歲的本命年……」娜娜開著車，主動陪我聊起來。

「是呀！想想如今，我們都過了三個本命年了，也滿幸福的啊！先跟妳說說我第一個本命年中印象最深刻的事情吧？」

「好啊！」

「我記得第一次要過本命年的前一天大年三十，早上一起來，我和弟弟因為爭搶一個玩具，激烈追逐中，小我三歲的弟弟一舉手，扔出了掃帚。這掃帚不偏不倚，一下子砸在我的臉上，把我的眼眶周圍刺得血流不止。正在廚房做飯的母親慌張地跑過來，拿了一件破衣服連忙幫我捂住。重男輕女的母親一貫都是罵『當姐姐的有錯』，這次，她居然大聲地怒斥了弟弟。讓一貫叛逆的我第一次覺得，我這個當姐姐的，的確沒有當姐姐的樣子，並且有些懊悔。」

「那一天，更讓我意外的是，待我們吃過早餐後，母親就獨自騎腳踏車出了家門，太陽快下山的時候才趕回來。車的後架上，綁了一個鼓鼓的大袋子。打開一看，原來是幫我買的新衣服，紅棉襖、紅褲子、紅襪子、紅內衣、紅棉鞋，從裡到外，火紅豔麗一片。」

「從小到大，一直生活在不被重視和捉襟見肘的家庭中，第一次，我感受到了『受寵若驚』。剛回來的母親顧不得擦汗，神祕兮兮地把我叫進屋內，督促我趕緊穿上。馬上滿十二週歲的那個大年三十晚上，媽媽第一次同意讓我穿著這些新衣服睡覺。躺在溫暖的床上，那時還不明白什麼叫做本命年的我，有點因禍得福的感覺。」

「貧窮的悲哀。」娜娜嘟囔了一句。

「如果能活到百歲的話，我們也只能過八個本命年。小時

候不懂,那時的我,只盼著快點長大,快點離家,快點獨立⋯⋯」

　　車窗外一閃而過的路邊風景,就像曾經長大的我們,沒有細細品鑑,倏忽間,就全部都溜過去了。

三十一　女兒

人之初，性本善。

不知道有多少人，曾經問過自己的母親，自己剛出生時的情景。今天社會進步了真好，無數用心的父母拍下各種影片、音訊，為這些新生命的到來，留下了愛的紀念。

我來到世間的第一天是什麼樣子呢？

我的母親這樣告訴我。

一九七八年十一月二十四日，農曆十月二十四日，上午八點多，在母親提前一天就開始的陣痛之中，我來到了這個世界，成為她第一個孩子。

母親說，當時爺爺身體罹患半身不遂，大部分時間癱坐在床上。但是，當聽到第一個孫女的降臨，還是露出難得的歡喜。一直非常小氣的奶奶，也大方地發了許多紅蛋給鄰居。父親更是興奮得不知如何是好。

母親還說，出生後不久，我便拉了人生第一次胎便，黑黑的、黏黏的。年輕的父親不懂是什麼，慌得直接用手將胎便從包裹我的尿布上抓下來。產婆說，這是胎便，沒事。聽了解釋，父親才放了心。也許是第一次看到自己初生的孩子拉出來的糞便，他好奇地放在鼻子邊聞了聞，對躺在床上的媽媽，露出一個極度快樂、搞怪的表情，最後，還加了一句臺詞：「只要是我女兒的，都是香香的。」

三十一　女兒

　　母親有點重男輕女，第一胎生了女兒，雖然也很喜悅，但在她額頭上的汗珠還沒有擦乾時，就對父親說：「我一定會幫你生個兒子。」

　　父親安慰她說：「女兒，滿好的，我喜歡。」

　　「就這些？沒了？」娜娜斜著眼睛問我。

　　「沒了，就這些。什麼身高、體重啊！都不知道。我們這個年齡，誰還記得是多少啊？能記住這麼多，也算我媽待我不薄了。」伸了伸手臂，抖了抖雙腿，我看了一眼手機。

　　「妳在哪裡呢？」幾乎同時，我那個所謂的老公和一夜情的情人傳簡訊給我。

　　「回娘家路上。」複製、貼上，他們都不用心，我又何必庸人自擾呢？

　　「嘟嘟，嘟嘟……」他們打了電話過來。我看著他們跳動的頭像，一點接聽的欲望都沒有。男人就是個鬼，但是，女人們還一時半刻離不開，被鬼纏的日子特別煩心，什麼時候是盡頭啊？

　　「電話怎麼不接？」娜娜問。

　　「煩！」我沉默不語。

　　「那就接著說故事給我聽。」

　　「這工作，我愛做。」

　　有了我，父親每天笑呵呵的。

　　他愛母親，也疼愛我這個女兒。

我長大成人後,曾聽幾位年長的老鄰居跟我說,幾乎每天都能看到父親雙肩扛著我,在村裡的街上走。老遠就能聽到我們一家三口的說笑聲,特別讓人羨慕。

　　父親聰明,那時從開拖拉機升遷為開汽車。有機會進城送貨時,他都會帶回新鮮的物品給母親和我,帶回最多的就是各種味道的糕點。

　　那個時候,糕點對農村來說,絕對算是奢侈品,因為孩子相對較多的人家,溫飽問題還沒有徹底解決。而我,已經超前得到了別的小朋友幾乎吃不到的食物,玩到了別的小朋友玩不到的洋娃娃。

三十二　時間

「時間是一個最大的騙子。它先給予，然後再拿走。你在它的控制下，什麼也沒有得到。」娜娜慢騰騰地說。

「我現在喜歡海倫・凱勒（Helen Adams Keller）說的話：『把活著的每一天都看成生命的最後一天。這樣，無論是痛苦還是開心，妳都會覺得生命如此美好。』假如，妳生命已經到最後三天了，妳打算怎麼過？」我語調柔和，表情憨憨地問她。

「我⋯⋯」娜娜拖著音，一時無法回覆我。

「別急著說，因為誰也不知道生命最後三天是什麼樣子。當我們來到這個世界，生命的倒數計時就開始了。但是，任何人都無法知道最後三天的時光。我覺得，多想點開心的事情。我們不應該在恐懼中度過那三天，而應該是在感恩、分享、愛中結束生命，這也許是我想要的人生最後⋯⋯」

「我怎麼覺得，妳陪我這兩天，說話的理論都高了幾個層次。這話，說得太好了！」娜娜一高興，重重地拍了一下方向盤裡的喇叭，「嘀⋯⋯」一聲，嚇得旁邊的車輛一抖。

「那就開開心心地過好每一刻，接著說故事給妳聽，我現在興頭正濃呢！」

「快點，繼續！」

車窗外的雨停了，太陽也悄悄地露出可愛的小腦袋。像

天氣一樣，我們也是陰轉晴，且萬里春風。

一九八〇年，我爺爺、奶奶的這個大家庭再次迎來春天。曾經當過校長的爺爺，因政策得到了平反，恢復了職稱，也補償了待遇！不僅僅是這些，還為年紀正合適的二兒子安排了接班，讓他有了一份正式的工作。

家裡的日子越來越好，母親開心極了。她覺得，自己的選擇沒錯，也為自己的堅持感到欣慰。開始有點小積蓄的母親，在過好自家小日子時，想到了接濟自己的娘家。

她會時不時地回到娘家，帶點米、麵、肉、布給他們，幫襯一下娘家的人。雖然自己的親哥哥還是面露難看的臉色，但看到妹妹的小日子有滋有味，也算勉強接納了她婚姻自主的任性選擇。

外婆是個善良的人，同為女人，她很快就不再執著於自己當初的念頭。母親踏入家門的那一刻，她們就和好如初了。

一、兩年的光景，一項項有利於農村的惠民政策、一條條保護農民利益的法律法規，像春雨一樣浸潤大大小小的村莊和老老少少的莊稼人。每一個農家人，彷彿終於活得舒暢了。不管是在自家院子裡、還是在大街上，你都能隨處聽到、看到他們的變化。他們的聲音高了，性格開朗了，臉上的笑容也多了。

我母親的幸福也如沐春風，這是她人生中少有的快樂

三十二　時間

時刻。

　　奶奶、爺爺在家照顧小小的我，母親和父親共同去自家的土地做農活。父親還會額外再打一份工──開拖拉機或汽車。二叔叔有了正式工作，每天去學校上班賺錢，小叔叔去上學。在我出生後不久，父親的妹妹、我的姑姑，非常順利地嫁給了一個心上人。

　　這個大家庭，雖然只有三個勞動力，但是，解決了大家最頭痛的溫飽問題。再也不用為吃喝愁苦了，日子和態度就都變得溫順許多。這就是農民的特性，小富即安。

三十三　鉅款

突然，娜娜把車速降了下來，打著雙黃燈，看著我一陣狂笑。

她笑得眼淚直往外掉，還磕磕絆絆地說：「小時候，真的是太快樂了……為什麼……人離開學校之後，現在經歷的一切快樂……都不如那時那麼單純，那麼美好……」

「因為那時我們無知，所以無畏。現在的我們，人到四十幾歲，雖然不服氣，說自己不老，但再也不能熬夜，眼角的小皺紋都在告訴我們，我們的人生之路已經走了一大截了。要好好愛惜自己，玩完這個世界，才能再去另外一個世界！」

「玩完這個世界，我們再去另外一個世界！這句說得太棒了。」娜娜的笑停了下來。

「但是記得，《老子》第五十八章說：『禍兮福之所倚，福兮禍之所伏。』」

「是啊！得意不要忘形，失意不要頹廢！故事，我要晚十分鐘再聽，前面不遠就是服務區了，去休息一會兒！」

「大風大浪都見過了，這點小驚嚇都不行呀？」

「不是，我想替妳買包衛生紙。」

娜娜由內向外的笑聲，特別能感染人，我的心像玫瑰花一樣綻放。這就是四十幾歲的女人，在蛻變中成長，從青澀

三十三　鉅款

走向成熟，同時，給點陽光雨露就燦爛無比。此刻，像一段人生旅程的短暫休整，我們用講述感受著歲月長河裡醞釀的生命後勁……

母親與娘家的關係在逐漸緩和。但是因爺爺的補償款問題，父親這邊和他的大家庭開始出現了裂痕。

補償款補發時，村裡的負責人統計了爺爺家裡的人口和生活現狀。母親的婆婆，也就是我的奶奶，把家裡困難的情況加油添醋地匯報上去。沒過多久，在那時能嚇死人的一筆鉅款，居然真的直接發放到了奶奶的手中。

已經很多年了，曾經是大小姐的奶奶，沒有看過這麼多錢。雖然小時候不知貧困的滋味，但是窮苦了這麼久，人至晚年的她，突然能看到這麼多錢，還是如同做夢般，一時半晌間，始終不敢相信。

她用溼潤、朦朧的老花眼和一雙抖動不停的雙手，在昏暗的燈光下，在破舊的小房子裡，拿著厚厚的紙鈔，一遍又一遍地數。天亮之前，實在興奮得睡不著的她，帶著全家人，在房間裡多次三鞠躬：「感謝老天爺……」

有了錢後的激動喜悅，很快變成了大家開始商量如何分配這筆鉅款。

父親是長子，在家中說話有一定分量的他，準備用這筆錢，幫已經和即將要成年的兩個弟弟各自單獨蓋一間院子。剩餘的錢，把他們這一大家子居住的房子也翻新一下。再剩

餘的，留給爺爺、奶奶養老。身為在農村長大、有著國中學歷的農家子弟，這是最平常不過的計畫。有錢了，首先想到的，就是蓋房子、娶媳婦、續香火。

但是，奶奶身為家中掌門人，她不同意父親的建議。多年貧困，窮怕了的她，想讓兩個小兒子當入贅女婿，這樣的話，就能留下一大筆養老金。

聽了奶奶的意見，身為長子的父親，快要氣瘋了！生在農村、長在農村的他，覺得奶奶這麼做的話，簡直是讓家族蒙羞，丟人現眼。

以今天的我──一個女兒來判斷，我親生父親的基因裡，奶奶的遺傳比例應該占得更多一些，性格非常自我，而且，還有非常嚴重的大男人主義，或者說「老大情結」。為什麼這麼說呢？因為我媽說我跟我爸簡直是一個模子刻出來似的──脾氣急、愛逞強。

爺爺自從把奶奶娶進門後，如同「秀才遇到兵，有理說不清」，所以，為了讓家庭和諧，家裡的大小事情，他一概不管。

奶奶的二兒子和三兒子性格隨爺爺，很溫和、柔弱，知道大哥的提議是為他們好，理所當然地支持大哥。

奶奶是家中霸主，多年的大家長地位，眼看著要被三個長大的兒子撼動，她是不肯服氣和認輸的。錢在她的手裡，她不說話，誰也別想拿到。

這些矛盾雖然沒有引發到大打出手的地步，但母子情仇的序幕拉開了，像星星之火，燃燒了他們的餘生。

　　現今，他們都在另外一個世界團圓了，如果知道後面的結局，曾經母子一場，為了錢財，他們還會這麼固執嗎？他們會不會後悔呢？身為他們的後人，我想問問他們。

　　爭執的結果依舊是，奶奶執意不出錢給長大成人的兒子們買院、蓋新房子。我的父親，身為大哥的他，賭氣之間，自不量力地要為弟弟們置辦這些，並且蓋了房子。

　　我父親心靈手巧，蓋房子的技術、工作全都做得好，而且是附近村莊不可多得的好手藝，別人家建造房子時，他經常去幫工。

　　那個剛剛有起色的農村，凡有點活錢的家庭，都在較勁地蓋新房子。彷彿一座漂亮的磚瓦房，才能展現出一個家庭男主人的工作能力和社會地位。在當時，事情也的確如此。

　　母親深愛著她的男人，有點愚忠，像蓋房子這樣的大事，都依著父親的主意。從父親決定的那天起，她就像那個「你窮，我陪你東山再起；你富，我陪你君臨天下」的傻女人，跟著父親起早貪黑地蓋新房子。

　　那個時代，雖說解決了吃飯、穿衣問題，但是蓋房子，依舊是一個家庭的重中之重，房子是家庭的主要財產。為了能省錢，他們在蓋房子時，只要他們兩個人能解決的，都由他們自己解決。

人不是機器，白天、黑夜地連續運轉，再加上賭氣，在房子快要建好的時候，父親終於把自己累倒了。

　　他全身浮腫，臉色難看，再也沒有精氣神背著我逛大街了。

　　因為小家庭裡的錢都用在蓋房子上，所以，當父親病倒時，母親連幫父親看病的錢都拿不出。一直以為是勞累過度的原因，母親也只是東拼西湊地買點補藥給父親吃。

　　吃藥之後，一直未見父親身體好轉。不顧前面的嫌隙，母親拉著不滿三歲的我去找奶奶，希望她看在孫女的面子上，救救她的丈夫──奶奶的兒子。

三十四　勇氣

因為父親是與自己的母親賭氣，所以，奶奶一直狠心地對他的事不聞不問……

還沒有繼續開口往下講，娜娜沉默中插了一句話：「這就是人生，雖然你生你養，但是當他長大，對這個世界，他就會有他的理解，每個人都不是最無私的，包括母愛。家族之愛，就像我們的五根手指，即使生長在一起，但是，伸出來，它也永遠不會一樣長。」

「是啊！愛有時也是愚蠢的，如果我的母親不那麼崇拜父親，不什麼都聽他的。蓋房子的事情緩一緩，先努力過好自己的小日子，也許她會一直幸福下去，也不會在人生中經歷那麼多的坎坷、波折。唉！我的父親也是，他深受農村的長子之責影響，想擔起一家之主的重擔，但是，剛有點起色的生活，或者說，還稚嫩的他，又怎能扛起家族這沉重的旗桿呢？以今天我們的價值觀來看他，他是如此可憐、可悲、可嘆、可氣。」說話之間，我莫名地有點恨我的父親。

「每個時代有每個時代的問題，每一代人有每一代人的使命，他就是那個時代的特徵。」娜娜突然帶點上司的口吻對我說。

「還好吧！娜娜，現在的時代，對房子也是很重視的，因為房子而大打出手、兄弟爭吵的事，也夠多了。安居才能樂

業，房子是頭等大事，這是多少代遺傳到骨子裡的基因。身為女兒，我曾經多麼希望我父親能自私一些，或者為他幼小的女兒多考慮一下。年輕是資本，但年輕也禁不住躁狂。要知道，如果他能好好地在人間，也許我的人生會是另外一種樣子。我的選擇，也許將會與眾不同……」

「妳最想過什麼樣的日子？妳告訴我。妳也是不開心，聽妳話中有話的，我其實早就聽出來了，妳有心事……」娜娜眼睛盯著我，黑眼球裡全是我。

「我……」突然，心中翻江倒海，五味雜陳，熟悉的高速公路風景，讓我沉默了。

第一次認真地想了一下，如果人生能重來，我想要什麼？想要過什麼樣的生活呢？我想，即使是做白日夢，此刻，我也需要真誠對待一下自己和靈魂。

人生到了一定的年齡，就會突然明白，如果日子只是在維持肉體的生存和安逸，某一天，一定會感到超級厭倦。那麼，什麼才是生命的真正喜悅？平凡、普通的我們，在自己的能力範圍內，到底怎麼做才能讓自己感到生命蓬勃盎然？

看我半天沒有出聲，娜娜先說：「環境育人。今天的我，如果重新選擇，我要當個普通農民，以山水美景為伴，以歌舞樂器為樂，以美酒美食為享。」

「偶爾過幾天，也不錯，如果永遠這樣，我還是會逃跑的。如果能夠再次選擇，我希望未來的生活能多多地去聽、

三十四　勇氣

去看、去讀、去拍、去試、去愛、去感受、去體驗⋯⋯一輩子至少過成三輩子。」

「那妳現在有勇氣去過另外一種生活嗎？」娜娜詰問我。

「說實話吧！我現在只有勇氣過一種『比現在好』的生活，沒勇氣過『比現在差』的生活。」

「那就是典型的做白日夢。」娜娜撇撇嘴。

「我想要未來的美好，在這個多彩的世間。如果比現在還差，放棄自己現在的生活，值得嗎？」我看著娜娜的側臉，自言自語道。

娜娜懶得看我。「好與差，是如何界定的？我看妳啊，首先，是以物質來決定了。」

「是啊！」那一刻，我好像明白了什麼。

「我可能精神第一，物質第二。我覺得，我們來到這個世界的形式，和離開這個世界的形式並不會改變，所以還是自己內心最喜歡怎麼過就怎麼過吧！說實在的，這兩天，我聽妳的故事，想了很多。」娜娜伸出手，主動拍了拍我的肩膀，有點角色互換。我突然想哭泣。

淚水中，我告訴了娜娜我的小祕密。

「我不離婚，也討厭和情人偷偷摸摸在一起。但是女人滿賤的，他一招呼，我就不由自主地想他，想去見他⋯⋯」我罵著自己。

「我也是。我和他真正地分手了。雖然很恨他，但是有

十年的感情,即使沒有一紙婚約約束,情感也沒有堤壩,不是能及時駐足的……」受我的情緒影響,娜娜情緒也低落了下來。

我們把車開出高速公路,停在鄉間公路旁,來回地散步。眺望遠處的群山,腳下還有被風吹動的草和不知名的野花,我在想:萬物有思想嗎?它們會悲傷嗎?唉!身為人,我們會喜怒哀樂,是我們的幸福嗎?

風急了一些,重重吹進我的兩側髮鬢,癢癢的。娜娜彎下腰,摘了一朵又一朵的無名野花,很快攢滿了雙手。

看著她的身影,我彷彿看到了我們又回到孩童的時代,一大片的青草,一簇簇的野花,以及孩子們的笑聲……我彷彿看到了二十多歲時的自己。那時,我多麼渴望自立自強,用自己的能力去證明或實現自己的夢想。不知這十幾年是怎麼走過來的,四十歲的門檻像個座標,立在那裡,我開始心安理得地接受現實,接受平庸,接受個體的無能。

「如果能重新選擇,我希望自己像公主遇見王子一樣,有一個我最愛、也最愛我的男人出現,在這樣的陽光下,面朝大海,春暖花開!」我向遠方喊出心聲。風吹得人特別舒服。身為女生,我從十三歲開始,直至四十幾歲,內心一直留了這麼個位置,不著邊際地幻想著。

「病得不輕,我的公主。」娜娜跑回來鞠了一躬,把手裡的鮮花獻給了我,然後,騰出來的手調皮地摸著我的腦門,

三十四　勇氣

手掌間散發著野花的淡香味。

「知我者，娜娜也。我就是我爸的翻版，責任重於泰山。」我伸手拿過車鑰匙，坐在司機的位子上，繫好安全帶，向我們的出生地前進⋯⋯

三十五　看病

　　奶奶也是倔強的人。你不是不聽我的嗎？這會兒，來求我，不管。面對母親和我的哭聲，奶奶的心冷硬如鐵，沒有顯出絲毫心疼自己兒孫的意思。

　　爺爺急了，一輩子沒有跟她紅過臉、吵過架、拌過嘴，此時，他急得全身發抖。他手拿著筷子，指著奶奶的鼻子說：「妳今天必須拿錢給她們，讓我的兒子看病，這錢是我的補償款，我至少能做一半的主！」

　　老實人急了，那就是真急了，奶奶看出來了。如果奶奶再固執，猜想爺爺會做出讓她更意想不到的舉動。在爺爺威逼怒斥之後，爺爺、奶奶，還有二叔、三叔去探望了我的父親。

　　看到大兒子身體病成這樣，奶奶依舊不輕易妥協，當著全家人的面說：「你不是逞強嗎？那就徹底分一次家，你們單獨過吧！我們也不用你們再照顧了！」

　　家產重新洗牌，奶奶只分給父親、母親一桶米、幾雙筷子、幾個碗和幾個盤子，當然，還有那座即將要蓋好的新房子。

　　徹底分家之後，冒著細雨，他們把我父親、母親的東西搬到了那間還充滿潮氣的新房子。

　　爺爺偷偷給了我母親一些零錢，母親便帶父親到醫院做

了檢查。那個年代的醫學技術不發達,雖然花了一些錢,醫生開了一些中藥,但具體是什麼病也沒有說出個所以然來,只是告訴母親,讓父親回家好好調理調理吧!

父親雖然病重,但為了能賺錢過日子,有工作的時候,他依舊拖著病身子,堅持去工作。

母親回憶說,父親每次回家,他都會說:「老婆,用妳的雙手幫我暖暖胃吧!我不舒服。」所以,一聽到父親回來的腳步聲,母親會第一時間端上熱水,讓他先喝上一口,然後,讓他坐在床頭,她就用手幫父親的肚子上上下下地揉。在我長大成人的日子裡,進屋喝口熱水這個習慣,母親一直保持著,只要我們風塵僕僕地回來,進屋第一件事,就是先喝口熱水壓壓涼風。

半年之後,母親查出又懷有身孕了,可是,父親的浮腫卻不見好轉。奶奶在這大半年裡只來過一次,她看了看父親,而再給錢的事情,隻字未提。

看到父親的浮腫,她也從來不問。我在猜想,身為一個農村老人,遇到忤逆了自己的兒子,所以有點失望,知子莫若母,兩個性格極其剛強的人碰在一起,那就是「誰低頭誰認輸」。

或許,她一直覺得自己的兒子壯得像頭牛,這點小累、小病,算不了什麼。

的確,父親雖然一直浮腫,但他也覺得自己沒有什麼大

問題。除了偶爾頭昏、胃痛，他照舊用他的樂觀和堅強，陪伴我和母親生活。有父親在，母親的日子還是那樣快活⋯⋯某天早上，母親習慣性把地上的尿盆拿起來，準備像往常一樣把它倒掉。

這時，母親在裡面發現了一些細小的紅血絲，不仔細看，都不太能注意到。

母親有點慌了，但仍然保持鎮靜，小心翼翼地詢問父親：「我在尿盆裡，看見了紅血絲，要不然你拿著家裡剩下的錢，再去大醫院好好地查查身體吧！我不放心。」

之前一天，父親開車去了一趟外縣市，雖然經過一夜的休息，他仍舊顯得很疲乏。面色透著難看的黃，有點氣力不足地對母親說：「我沒事，好好休息一下就好了。這次要是都花了，我們的日子還過不過了？」父親幾句話，便以為把看病的事情敷衍過去了。其實，是母親看父親身體不好，沒有再和他糾纏下去。悄悄地，她又帶著我去找奶奶和爺爺，而且還找了外婆，把我父親血尿的事告訴大家，請他們拿個主意。

這一次，奶奶也意識到事情嚴重了！她再也不端著架子，親自帶著小米、紅棗、雞蛋來看她的大兒子。而且，顯得特別大方地花了一些錢，把附近最好的醫務人員請到了家裡，跟他說：「無論花多少錢，也要把我兒子的病治好。」

那個時代，醫務人員都是一些懂基本醫學知識的高中

生。他們沒有先進且正規的檢查設備，一個聽診器搞定一切檢查。為了安撫已經懷有幾個月身孕的母親，醫務人員說，父親沒有什麼大事，就是太累，熬幾服中藥，慢慢就能恢復了。

母親信以為真，提著的心稍微舒展了一些。

但是，從那天開始，奶奶、爺爺幾乎天天過來看望父親，二叔、三叔、外婆也都來了。他們沒有再提治病這件事，而是幫助母親照顧三歲多的我，額外也會做一些補品給父親。

病重的父親躺了一個多月，休養了一個多月，有一天，突然覺得身體清爽了許多，喊著母親，想去外面走走。

母親看到父親說身體恢復了一些，非常激動。她扶著父親在村子裡的路上走著，正好碰到一家鄰居正在蓋房子，有點遇到技術上的難題，看到父親路過，便請求父親幫忙看看。

在那個時候，鄰居之間有什麼工作，都會互相幫忙。熱心的父親二話不說，便走了上去。蓋房子的難題很快解決了，正當鄰居掏出香菸準備感謝他的時候，他突然身子一軟，沒有任何遺囑和囑咐，就永遠地離開了這個世界……

直到今天，母親仍在懊悔，父親當初想蓋房子，她為什麼不阻攔呢？父親身體不舒服，她為什麼不帶他去更大的醫院仔細檢查一下呢？她為什麼就什麼都聽父親的呢？

父親高大魁梧，做事乾淨、俐落，而且極其負責和認真。所以，母親覺得父親像大山一樣安全可靠。在他們共同生活的日子裡，父親又是那麼寵愛她，疼愛他們的孩子。所以，在她的內心，母親以為，山是永遠不會倒塌的。

但是，她的山就是倒了……

三十六　父親

　　那天，看到父親還能幫別人家蓋房子幫忙，母親覺得他的狀態不錯，便先帶著一直哭鬧的我，回到家中。

　　剛進家門不久，便有人急匆匆地跑到家裡來，看到母親懷著身孕的身子，為難地停頓了一下後，還是流淚說出：「妳家孩子她爸，不行了！」

　　母親一聽，內心一陣絞痛，差點暈死過去。

　　強忍著淚水，母親趕過去，看到面無血色的父親，她始終不相信這一切是真的，執意要鄰居們把父親送到醫院。到達醫院後，哭成淚人的母親把頭都磕破了，跪求醫生搶救父親。

　　我猜想，醫生一定是被母親的跪求感動了，他們程序化地做了搶救。一九八一年四月十日，農曆三月初六，下午三點三十分，母親接到醫院護士送達的「死亡通知書」，千真萬確，我的親生父親，這一天，永遠地離開了她。從此，相愛的兩個人，天上人間各自一方。

　　時間為什麼這麼精準？我在詢問母親這段經歷時，她說，醫院的表格裡填著呢！她永遠記得住。

　　時隔三十多年後，已經長大成人的我，那一天，第一次和母親在深夜談著她的人生、她的愛情、她的悲痛。可能是痛苦太久遠了，但是，那情那景，永遠銘刻在一個只有小學

五年級教育程度的農村老婦人心中。面對她那能舞文弄墨的大女兒，她居然說出了在心中煎熬了無數次，最後凝成了如苦情詩一般的句子。

「那是個春天，萬物復甦，真的好美。但是，我感受不到，我的心裡飄著雪花，絲絲的寒冷扎入我的骨髓……」母親這樣對我說，很平靜，但那些話也如鋼針扎入我的骨髓……此刻，請允許我中斷一下，我的眼裡充滿了淚水。身為不孝順的女兒（親生父親去世時，我三歲多），很多年後，我才知道父親的祭日，而且從來沒有祭拜過他……

我那時太小了，對這一切一丁點印象都沒有。長大後，我知道有一種催眠術，可以喚醒人類幼兒或嬰兒時期的記憶。有時候，我特別想體驗一下，在我的腦海裡，機械般的，到底記住了多少與親生父親之間的親暱，或記住了多少他的樣子和聲音？

父親，您在天堂還好嗎？是您一直在保佑著我和母親，還有弟弟嗎？您知道，母親這麼多年，還在戀著您、愛著您嗎？您知道，自從知道生命中要有一個父親的角色時，您不在了，我有多麼傷心和難過嗎？這麼多年，我有時特別恨您，恨您把我帶到這個世界上，然後留下我在這裡受苦，我絲毫沒有感受到父親的疼愛。

您知道嗎？父親！今天，我長到四十多歲了，但我還是渴望一個父親式的大大擁抱，一個父親式的鬍子裡的吻，以

及一聲「女兒，爸爸愛你」……
　　它們，永遠盤桓在我的夢裡、身體裡，洶湧氾濫……但是，無論如何，我愛您，親愛的爸爸，感謝您給予我生命！

三十七　外號

　　父親去世了，年紀輕輕地就走了。他離世的消息，成為附近幾個村莊的爆炸性新聞。身為父親的女兒，從他離開的時候，我就成了別人議論的焦點。當我知道有人用手指頭在我的背後說我的父親與奶奶、母親之間的恩怨情仇時，我都會像一隻剛剛偷吃油的小老鼠，卑微而心虛地匆匆逃走。因為這個緣故，成長中的好長一段時間，我總是下意識地讓自己低頭、駝背走路，盡量不跟熟人打招呼。

　　俗話說：「母子連心。」

　　雖然奶奶因與大兒子有矛盾，而造成了白髮人送黑髮人的悲劇，但我知道，其實，她無比後悔。

　　我記得。

　　我剛上幼稚園時，母親前腳把我送到幼稚園裡，奶奶後腳就偷偷地找幼稚園的老師，把我接走了。當時去哪裡我不知道，我只記得，對一個上幼稚園的孩子來說，路很遠。我走累了，奶奶就坐在路邊等我，手裡拿著我喜歡吃的糖果。只要我走到她的身邊，她就嘉獎似的塞一顆給我。就這樣被糖果吸引著，我被奶奶帶到了一片山腳下。

　　那是一片連綿起伏的小山，山不高，山上幾乎以松樹為主，山腳下會有一些野核桃樹、野栗子樹，還有一些茂密的野酸棗和灌木叢。登高後，就能俯瞰遠處的村落。

三十七　外號

在山腳的一片空地上的角落，有一座不太起眼的土堆，上面的土好像剛覆蓋堆積不久，沒有任何雜草長在上面。土堆的前面，一塊木板孤單地矗立著。

猛地，奶奶「撲通」一聲沉重地坐在它的前面，砸得地上的塵土揚了起來。這時我才注意到，她隨身帶了一個大袋子，一邊往外掏，一邊要我離她近一點。

我那時唯唯諾諾，不明白她要做什麼。奶奶叨念著什麼話，將袋子裡的東西掏出來。我雖然小，但也彷彿明白了一些什麼。見我不靠近她，奶奶伸手將我拉坐在她的懷裡。那一刻，我感受到了她手心裡的淚水，頭頂上開始「滴答滴答」溼漉漉的感覺。

我看到奶奶那雙蒼老的手，顫抖著，用了幾次才將冥紙點燃。然後，她遞給我一個小樹枝，要我學她的樣子，在小小的火焰裡來回翻騰紙張。火有點灼熱，烤得我渾身不自在。

在火苗的跳躍中，奶奶自顧自地斷斷續續哭訴著，大山極其安靜，我也表現得很乖巧。

記憶裡，我依稀記得，她對著地下的大兒子──我的親生父親，大概說的意思是，我養育你這麼大，我還沒有老死，你卻先死我前頭，我以後的日子怎麼活、怎麼過？你為什麼那麼倔強，那麼不聽話……

哭了多久，我不知道，是怎麼回去的，我也忘記了。但

奶奶哭得這麼傷心這件事,我從來沒有跟任何人提起過。

後來,我長到十歲左右了,在課文裡,有一篇講父親的,那時,我早就懂得我親生父親很早就去世了,現在是跟著繼父生活。但受課文的影響,我懷著好奇心,在奶奶的房間裡問她:「奶奶,我的親爸爸,到底長什麼樣子呀?」

我的問話,讓正在低頭享受抽菸、喝茶的奶奶一愣。過了很久,她搬了一把椅子,爬上桌子,從她床頭高高的牆上,拿下一幅畫像。畫像掛了很多年,旁邊插上去的幾張家人的照片,都落滿了塵土。她小心翼翼地把外面的照片拿開,再用乾淨的毛巾擦拭了一下相框,然後,用小螺絲打開了相框的後面。就像一個暗道機關,奶奶居然在相框的後面藏了一個白色的小信封。打開信封,裡面有一片半截的照片底片,黑乎乎的。

她望著那小小的半截底片,出神了許久,嚅動了幾下嘴巴,才對我說道:「這上面有妳的爸爸。」

奶奶拉著我,站在院子裡。藉著陽光,我看到有一個完整的人像,還有一個一半的人像。奶奶指著底片對我說:「這個一半的人像,就是妳的爸爸。」

我藉著陽光,瞇著眼睛,認真地看了一遍又一遍。哦!一半的人像就是我的親爸爸。透過那半片的黑灰底片,我實在無法感受更多,我唯一能記住的,就是照片裡的他,比二叔略微高了一些。但是,那模糊的半張底片,我拼不成一個

爸爸的具體模樣。我沒有哭，因為我對他毫無感覺，更談不上感情。

奶奶只讓我看了它幾分鐘，就把它收走了。她謹慎小心地把它放回小信封裡，然後，繼續放在那個相框的後面，恢復了前面家人的大大小小照片，最後，掛回了原本的位置。

這張底片，我只見過一次，後來，我再也沒有跟奶奶提起過關於「親生爸爸」這句話。

關於我父親的樣貌，我也曾問過母親。母親每次都對我說：「想知道妳爸長什麼樣子，看看自己的臉就知道了。」母親說，我的臉型，還有性格，跟我的親生父親相似度達到百分之八十。

這就是關於親生父親外貌的記憶。

還有關於我名字的記憶。

上小學時，奶奶也會偶爾買本子和筆給我。但每次買完後，她都會找叔叔幫我寫好名字，而姓氏，一定是隨親生父親。

母親在我親生父親去世幾年後，因為一些特殊緣故，帶著我和弟弟改嫁了。為了照顧繼父的情緒和面子，也為了繼父能多關愛我們一些，母親作主，嫁給繼父時，我和弟弟就隨了繼父的姓。

在學校的班級裡，母親買的本子上的姓名，我的姓氏一定是隨繼父；而奶奶買的本子上的名字，一定就是親生父

親的姓氏。每次我交作業，看到我的本子，班導經常很煩惱。為了不容易混淆，老師作主，幫我改了一個兩者皆有的名字。因為這個，同學們取笑我，幫我取各式各樣難聽的外號。

那時，身為女生，除了憤怒、生氣，再來就是憑藉著還算不錯的體格，我會跟嘲笑我的同學們打架。有時，被我欺負的男生告到老師那裡，我也是憋紅了臉，不想告訴老師打架的原因，只說他們叫我難聽的「外號」。有一次，被我打的男生哭得厲害，老師也實在問不出什麼，就找了我的家長。那次，母親被老師叫到學校後，當著老師的面，被生活折磨得性情大變的她，不管三七二十一，上來就狠狠地打了我一個巴掌。可是回到家後，看到我的嘴腫得嚴重，母親又後悔了，她紅著眼眶對我說：「孩子，我們活到今天不容易，妳能不能在學校少給我惹麻煩？」

母親的淚水和言語，對一個叛逆的孩子是炸彈。從此以後，同學們隨便叫我什麼，我再也不理不睬。大家有時叫得起勁，有時也叫得無聊。慢慢地，叫外號這件事也隨著我的畢業，全部結束了⋯⋯

我知道被別人叫難聽外號的痛苦，所以，從小，除了是好的意思表達，我從來不會叫任何一個人難聽的外號。

三十八　奶奶

　　我的親生父親死後,母親有一段時間特別恨奶奶。她總認為,是奶奶的狠心,害死了她的丈夫。所以,在母親的心中,她永遠不原諒奶奶。

　　等我長大成人、工作不久後的一個夏天傍晚,在我打電話給母親時,她輕描淡寫地告訴我:「妳奶奶死了。」

　　「啊?什麼時候的事?」電話那頭,我一陣眩暈。

　　坐在辦公室的椅子上,我想起了奶奶的樣子。出門工作,有一年多沒有見她了。從小到大,奶奶對我還算關照。那時小孩子不懂事,有什麼媽媽不買給我的好看文具,我會跑到奶奶家告訴她,大多數的時候,她都會偷偷地買給我。偶爾也會問我,多久沒有吃過米飯了,我說很久了,她就會用布袋裝滿給我,讓我背回繼父家裡。趕上她打麻將贏錢了,她會給我幾百塊,說:「去買一些冷凍餃子煮,跟奶奶一起吃。」冷凍餃子都是純肉餡的,每次吃冷凍餃子,在我貧困的生活裡,都覺得像過年一樣歡喜。

　　這世間,苦難中的孩子最好哄了,有好吃的、好玩的、好穿的,都會讓他們覺得像自由飛翔的小鳥一樣幸福。但是成人有時不一樣,無論後來怎麼樣,母親永遠不寬恕奶奶。

　　就像電話的那頭,母親說:「妳奶奶死了一個多月了,我想了想,還是跟妳說一聲吧!她臨死之前,因為肝腹水,

肚子特別大,眼睛也睜得特別大,在床上來回翻滾,嘴裡卻一直對我念叨,說想看看兩個孩子,要我把你們叫回來。」

那時母親像是在跟奶奶算人生最後的帳單,依舊沒有好口氣地說:「我不會叫他們回來的,妳有什麼怨氣,到那個世界,和妳兒子好好對質對質去吧!」

那時我剛開始工作,也在逐漸了解這個複雜的世界。母親沒有把我和弟弟叫回去與奶奶做最後的道別,我除了很難過,其他的話,我也沒有多說。我想,對樸素二元觀的母親,這也是她的一種人生態度和執擇。

說到這裡,我想起了爺爺的去世。那時我剛上國中,時間是個週末。那天中午,我陪母親去地裡做完農事回來,躺在屋裡的躺椅上看電視,可能剛看了幾分鐘,就聽見院子外的大門「砰」的一聲被推開了,然後,嬸嬸幾步衝進屋子裡,對著我說:「麗麗,妳爺爺死了。」嬸嬸很疼我,肯定不會騙我,我一下子從椅子上跳了起來,胡亂地找了一個外衣,然後,一路哭著和嬸嬸趕了過去。

嬸嬸騎腳踏車,一邊哭泣一邊勸我。我除了哭,也不知道該怎麼做。

進到奶奶家門時,去世的爺爺已經被人換上了壽衣。遠遠地,我還有點害怕。奶奶看到我來了,對我說:「麗麗,過來,再看妳爺爺最後一眼吧!」爺爺身體上的白布被揭開那一刻,我覺得爺爺的呼吸都應該順暢一些了。我用力睜著雙

眼,盯著爺爺的臉上看了幾秒。我看到他面部表情很安詳,皮膚很白,沒有一絲血色,在心裡說:「爺爺,您真的永遠離開我了嗎?我以後再也見不到您了嗎?」想到這裡,我的眼淚又止不住地往下流。

奶奶和嬸嬸拉著我的手,勸著我說:「爺爺最疼妳,看妳這樣傷心,他也不好受。妳坐在旁邊多陪陪爺爺一會兒吧!」哭了一路,真的哭累了,我坐在有靠背的椅子上,呆呆地望著他的遺體,一點也沒有感到害怕。

能趕來的親人在當天下午幾乎都來了。快到傍晚吃飯的時候,大人們為我安排了一個工作,和嬸嬸家的小妹妹為爺爺趕蒼蠅。因為是夏天,敏感的蒼蠅圍在爺爺的四周。彷彿怕爺爺被蒼蠅吃掉了似的,我和妹妹賣力地輪流拍打蒼蠅、趕蒼蠅。

夜晚,忙碌了一天的家人和鄰居們,在隔壁房間,像過年似的喝酒、吃飯,甚至還有划拳、唱歌的。等飯菜吃得差不多時,有幾個從遠方來的親人,居然把飯菜一撤,擺上麻將,四個人打了麻將牌,其中一個就是我奶奶。牌桌旁邊,還有觀看者,大家吵吵鬧鬧,忘記了那天是我爺爺離開的日子。我和妹妹也像兩個被忘記的孩子,坐在房間的門口,有一句沒一句地閒聊著,陪爺爺在這個冷清的房間。而另外一個房間的喧譁,讓我的內心除了氣憤,還滋生出一絲對生命的迷茫。

三十九　迷茫

「對生命的迷茫？」娜娜望著臉色變灰的我。

「是呀！那天，我在想，生命到這個世界到底是為什麼而來的呢？」

娜娜輕聲說一句：「是啊！除了空虛、孤獨，好像也沒有什麼能證明我們來過。」

「我想當作家，記錄下我們經歷的生活，也許，以文字的方式告訴這個世界，我曾經來過，是個不錯的方式？」

「這不是妳一直的夢想嗎？為什麼不趕快動筆呢？」娜娜表情裡透著一絲光亮。

「還有一百多公里，我們就要到家了。我進屋就寫。」

「好。今天，妳還有對生命的迷茫嗎？」

「有哇！一邊迷茫，一邊尋找。也許這也是生命的意義之一。」

娜娜思索了一會兒，說：「年輕時，我們追求刻骨的愛情、**轟轟**烈烈的愛情。不知不覺，我們怎麼就成了別人眼中的中年人了呢？愛情在我們這個年紀，還重要嗎？除了愛情，我們應該追求什麼樣的人生下半場呢？」

「什麼都值得我們追求，親情、友情、愛情，都非常重要。把哪一條看得特別重，生命和生活都會覺得很快樂，也很有意義。同意嗎？」

「同意！」我和娜娜擊了一次掌，聲音很大，手心還震得麻麻的。據說，辣椒會讓人興奮。同理，有時苦難也可以激怒或激發人的最大潛能。經常說這種道理的，我母親應該算一個。

親生父親走後，對母親而言，棟梁沒了，她的愛情和家也就沒了。萬般想不開的她，看到三歲多的我和她肚子裡還有幾個月就要出世的孩子，只能硬著頭皮，朝向生的方向衝去。

那時，村裡的人經常看到我母親懷著身孕，推著父親生前做的小推車，去附近的木料廠撿廢棄木塊。家裡窮得沒有柴火燒，為了孩子，她不顧危險，一個大肚子女人，牽著小不點的我，一塊木頭、一塊木頭地往推車上扔。

「我真的無法想像，有一個三歲多的孩子，然後，肚子裡還有一個馬上快要出生的孩子，而且，自己最愛的男人剛剛離世不久，老媽媽的內心，有多堅強啊！她是怎麼讓自己度過一個又一個那麼難熬、孤苦無依的白天和黑夜啊……」娜娜又流淚了。

「在今天，我的解釋，就是那一份痴情的愛。最愛的人走了，但還有愛的結晶，我媽說，就算要飯，也要把兩個孩子養大。」

「愛的力量，母愛的力量。找一個愛的人過日子，是多麼重要的一件事情。如果不能找到真誠相愛的另一半，我寧願

孤老至死。」娜娜想起了自己的愛情。

「妳是不是想余威了？要不，把他 LINE 給我，我幫妳問問情況。」這個時代，是防火、防盜、防好友的特別時期。我這個人有自知之明，一般不會要任何男性的聯絡方式。就像我和娜娜，我們幾乎可以無話不談，但是，這麼多年，她男朋友余威的電話是什麼，我一無所知，當然，作為回報，她也沒有我家老馬的 LINE 和電話號碼。

「傳過去了。」娜娜把男朋友余威的 LINE 傳送給我。

「我是麗麗，請加我好友。」

只是一秒鐘，余威的 LINE 居然馬上新增我為好友了。

四十　吹風機

　　車子離家鄉越來越近了。望向窗外既熟悉又陌生的風景，我想到我們二十二歲時離開這裡，中間斷斷續續回來，十幾、二十年過去了，兩個朝氣蓬勃的青春女孩在外面轉了一圈後，成了兩個感嘆人生的中年女子。不甘的內心，還保留著一絲青春的悸動和幻想，伸出手，想抓住什麼，卻開始力不從心。

　　「有點睏了，妳來開一會兒。」編了一個理由，我讓娜娜開車。

　　換了位置之後，我坐在後排位置。頭靠著腰墊，拿出手機，準備和娜娜的男朋友余威好好聊聊。

　　開啟LINE那一剎那，我發現余威已經留言給我了。

　　一張照片，一段文字。看完，我差點從後排的椅子上掉下來。

　　「妳好，麗麗。感謝妳能陪伴娜娜，知道妳和娜娜在一起，我就放心了。上面的照片是我去年年初身體檢查出來的結果：直腸癌末期加全身擴散。醫生說，最多只剩兩年時間。我太難過了，無法陪伴她全部的人生，我也不想讓娜娜為我痛不欲生。這個消息，妳不要告訴她。以後的日子，希望她能恨我，並忘記我，餘生有一個好的歸宿。我會把我們的房子還有我的存款，全部都留給娜娜，讓她找到幸福。請替我

保密。余威！」

　　就像自己生病了一般，我蜷縮成一個球形。怕娜娜看到我的眼淚，我把頭深深地埋在手臂裡。都說如果生命還有三天，你會做什麼？無數健康的人，第一時間脫口而出的，就是與最愛的人在一起。但是，讓最愛的人看到你像一根蠟燭似的熬著，漸漸地油盡燈枯，這樣的場面，真的好嗎？我在心裡居然想到這些。

　　娜娜和我很相似，但是，她更固執一些。如果知道最愛的人病逝，她會不會再也不去愛，一個人寂寞地過完生命全程？像無數影片裡的女主角，有時間就去最愛的人的墓地上獻上一束花，呆坐一整天，偶爾，自言自語，對著墓碑，聊聊一個人在世間的瑣碎。

　　我在心裡天人交戰，是要告訴她還是不告訴她呢？我沒有答案。

　　娜娜把車轉進了鄉村小路的小河邊。那是我們最熟悉的小河流。兒時，我和娜娜曾在這裡與其他同伴們玩水、摸魚、捉蝦，那是我們成長中帶給我們無限歡樂的樂園。

　　拿出坐墊，娜娜叫我出去，然後，我們並排坐在那裡。夕陽西下，這條河水淺了許多，但依舊清亮。似隱似現的小魚，自由自在地擺動。貼在成排石頭上的，還有密密麻麻像逗號一樣的小蝌蚪，牠們一動也不動，像在偷聽河水外面的世界。河邊有許多白楊樹，長得很高了。小時候聽外婆跟我

四十　吹風機

說，河邊的白楊樹與我們同齡，但它們是姐姐，因為是春天來的，而我，是秋天來的。

秋天……

親生父親走後的那個秋天，奶奶第一次出現在母親的家裡。只因為一個吹風機。奶奶說了一句讓母親現在想起來都想哭的話：「他人沒了，妳這裡的東西，也都不是妳的了。這個吹風機，我今天要拿走！」

那個初秋，天氣還沒有特別寒涼，但母親開始感到無限寒冷。在貧困面前，親情有時一文不值。

母親苦苦哀求奶奶，嘴裡不停地說：「您就看在我肚子裡的孩子和站在您面前的孫女的面子上，別拿走，好嗎？」可是直至今日，母親都不明白，奶奶為什麼要搶走一個吹風機。

為了能夠帶著孩子們活下去，沒有了父親保護的母親，不再隱忍、不再軟弱，開始變得堅強起來。為了一個吹風機，她挺著八個月的肚子和奶奶動手搶奪。爭吵聲引來鄰居，他們看到一個快要生產的孕婦和一個老年人，一時間都不知道該幫誰。當著街坊鄰居，奶奶有點惱羞成怒，見拿不走吹風機，便一下子把它摔在了臺階上。瞬間，吹風機變成了兩半。奶奶看了一眼，轉身氣呼呼地走了。看著被摔成兩半的吹風機，母親多日的委屈一瀉千里，然後，下體一片暗紅湧了出來……

四十一　弟弟

　　大家七手八腳地找來被子和推車，把母親送到了鄉鎮的衛生所。還沒有走遠的奶奶，也被大家拉了回來。看到母親的樣子，她也嚇壞了。

　　衛生所的醫務人員說，產婦大出血了，猜想有生命危險。她請奶奶簽字，奶奶居然推託說不識字不簽。正在醫生為難，沒有一個人為母親簽字擔負責任時，從昏迷中甦醒的母親說：「我自己簽，如果能母子平安最好；如果不能，就讓我們共赴黃泉吧！萬一不測，拜託大家，幫我的女兒找個好人家，送了吧！」

　　人群中，有人為母親流淚，也有人說閒話：「何苦呢？遇到這樣的婆婆，人都死了，還不讓母女好好過日子，要是我，引產、改嫁。」

　　醫生是個善人，她盡了她最大的努力，讓母親和孩子全都保住了。

　　那一天，在激烈的爭吵之後，小我三歲多的弟弟出生了。當奶奶看到兒子的兒子那一刻，不知道為什麼，她居然嚎啕大哭。也許大兒子剛死不久，他的孩子又來到了人世，弟弟的臉龐、眼神像極了父親，那種人間的轉換輪迴，我想，身為一個母親，奶奶的心裡一定充滿了難言的酸澀滋味。

四十一　弟弟

　　弟弟十二天的時候，家裡只有母親一個人在照顧弟弟。所有的事情，娘家人都不知道，所以也沒有人來照顧母親。那天又是個下雨天，一個舊照片相框在屋外的地上，那是父親親手製作留下來的，母親想把它拿到屋裡來，不想讓它淋溼。對產後虛弱的她，一個木製相框都顯得太重了，但她還是把它強行地挪進了屋裡。

　　站在門口，看著父親的照片，母親不停地撫摸著門框。她覺得，父親親手做的門，就是父親堅實的身體。母親眼淚一滑、身體一軟，倒在了門框旁邊，身下又是流血不止。小小的我，拉著母親的手，嚇得「哇哇」大哭。

　　周圍年輕力壯的鄰居們都去農田裡工作了。

　　只有前院的鄰居，瞎三奶奶在家，她聽到我越來越大、越來越慘、越來越啞的哭聲，摸摸索索地來到了我們的房子。憑著嗅覺和經驗，她知道，這個家裡又出大事了。

　　很長時間後，三奶奶託人找到我的奶奶，然後找了一輛馬車，把昏迷中的母親送到了衛生所。

　　顛簸的路上，母親再一次甦醒了過來，她用盡最後的力氣對奶奶說：「我如果活不成了，老大您留在身邊養吧！她四歲了，好帶，能做點小工作了，是個女孩，不會為家裡造成負擔，也好歹算是讓他爸在家裡留了個根。」

　　「孫子，我是肯定會自己養的。看妳那樣子，孫女我都提前打聽好了，十里遠的後山村，有人家願意收養她……」

四十二　改嫁

當我知道這段舊事時,淚眼婆娑。

生命和生活裡永遠沒有「如果」和「假設」。有好長一段時間,我特別常去馬路邊看車來車往;去運動場上看幸福的人們鍛鍊身體;去公園看年輕夫妻帶著孩子在草坪上追逐打鬧。看到那些,我的思緒會天馬行空……

我會在心中問自己:「時間倒回三十幾年前,如果母親真的遭遇了不測,現在,我會在哪裡?我會是誰?我是否還會喜歡讀書、寫詩、寫小說?是否擁有走進城市生活的能力和勇氣?」也許,在山裡,我正披頭散髮,穿著最破舊、廉價的粗布衣衫,渾渾噩噩地跟自己的丈夫──一個跟我一樣,幾乎不知道外面世界有多精彩,或者說,沒有任何欲望和能力走出山溝的男子,一起日出而作、日落而息,我們生了孩子,像兩隻豬帶著一群小豬,吃飽了睡,睡飽了吃?

聽到這裡,娜娜「咯咯」地笑了起來。「活在這個世界上,哪種方式都沒有對錯,各有各的福氣。我現在倒是對這種『吃飽了就睡,睡飽了就吃』的生活,羨慕得很呢!」

「所以,身為孩子,一定要了解父母的愛情,他們的選擇和堅持,總會讓故事有不一樣的結局。」說著說著,娜娜又哭了。

「我爸去世那年,我十歲,我開始懂事了,我知道,附

近好幾個村子的單身漢都惦記著我媽。經常三更半夜,我被敲玻璃窗的聲音驚醒,本來打算為父親守身到死的母親,不堪其擾,也選擇了再走一步。但是,她沒有選擇那些身強力壯、頭腦簡單的男人。我媽媽和你媽媽一樣,她選擇了一個右腳有缺陷的老師。她也不是為了自己,而是為了我。當年妹妹小,她受我奶奶的影響,堅決不隨媽媽改嫁。妹妹選擇和奶奶生活,現在還在農村裡過苦日子。媽媽看到我能跟著她走,當天見面就決定嫁給繼父了。」這是娜娜母親改嫁的故事。

「妳媽媽也非常偉大。」望著娜娜流淚的眼睛,我發自內心地說,「如果媽媽沒有改嫁,我們也不會成為同學,成為最要好的朋友。在班級裡,我們一見面,就嗅出了骨子裡散發的自卑與渴望。我們母親相似的經歷,讓我們自己的血液裡,也彷彿充滿了自卑的基因。」

「在班級裡,我看見妳,就覺得看到鏡子裡的自己,太熟悉了,這影子和形象。」娜娜眼中含著淚水,不讓它流出來,仰著臉,對著遠方的河水說。

「我也是,從相識到成為好朋友,我們都互相體驗,妳替我做一些我沒有時間、沒有精力做過的事,我替妳做妳不願意做的事。」拉起娜娜的手,我們小時候手牽手上學的情景,彷彿跳到眼前。

這些年,我們在同一個城市奔波、尋找。像兩隻小流浪

狗，為童年的傷找一服藥。此刻，我們才確信，原來好朋友的暖暖分享，才是最好的撫慰。父母的經歷像「史書」，照射著我們當下的生活，也隱隱地影響著我們的選擇。

四十三　老鼠

　　我總覺得，我母親像一棵路邊的小草，柔軟、卑微，但又極具旺盛和堅強的生命力。

　　在鎮裡的醫院，母親又一次醒了過來，並且頑強地活了下來。那時、那情、那景，母親也說不清楚內心的複雜。她一半的信念，希望自己死去，追隨她和父親未曾愛夠的日子；另一半的信念，她希望自己活著，養育她為父親生下的兩個可愛至極的孩子。

　　奶奶站在病床邊，看著虛弱的母親，第一次好言相勸地說：「我知道妳不容易，但是，現在的日子難，家裡這邊的老二、老三馬上也都要花錢了。我思索著，妳帶著孩子改嫁吧！帶女、帶男隨妳挑。」

　　「要帶，我就全帶走。哪怕是要飯，哪怕是去死，我們母子三個也要在一起。」那一刻，母親沒有流淚，語氣和目光裡透出倔強。

　　奶奶有點意外，停頓了一下，吐出一個字：「好。」

　　一個女人，帶兩個這麼小的孩子，能去哪裡呢？

　　在準備再一次相親的日子裡，母親帶著我和弟弟住在和父親曾有無數恩愛回憶的房子裡。那一年，母親也不過二十七歲。

　　好幾次說媒的人來到家裡，其中有一個媒婆對還算有點

姿色的母親說：「妳要是一個人改嫁，不帶孩子，有一個城裡的工人看上妳了，雖然那個人個子有點矮，說話有點結巴，但他可是鐵飯碗，以後的好日子多著呢！妳好好考慮考慮吧！」

聽到這樣的話，我想，如果換成是我，一定會好好想想。但是，我的母親，無論能說會道的媒婆怎麼勸，她都把頭搖得像個波浪鼓。

沒有父親，或者說沒有男人擔當的日子，母親雖然堅忍，但也經常以淚洗面。記得弟弟剛滿月不久，母親去院子裡做事，我站在她的旁邊獨自玩耍。突然，屋子裡的弟弟「嗷嗷」大哭，進屋一看，只見弟弟的手上、耳朵上全是血。年輕的母親也猜不出屋子裡究竟發生了什麼，便只好擦乾血跡，哄著他喝奶、睡覺。

到了晚上，吃過晚餐後，為了省電費，母親會早早關燈，然後守著我和弟弟睡覺。寂靜的屋子，半睡半醒的母親，突然聽見地上有老鼠的叫聲，且覺得動靜越來越大，聲音越來越近。

「啪」！燈繩拉開。映入母親眼簾的，居然是三隻碩大、肥壯的老鼠。牠們各自將前爪搭在床沿上，瞪著滴溜溜的黑眼珠，一點也不怕人似的準備上床。母親長這麼大，也是第一次見到這麼大的老鼠，立刻驚叫出來，弟弟和我也被媽媽的叫聲嚇得「哇哇」大哭。老鼠看到了，紛紛跳下了床沿。為

四十三　老鼠

　　了保護孩子，母親用手邊的一切東西，拚了命似的扔向那些老鼠。老鼠彷彿受過訓練，並不太怕人，任憑母親用遍大呼小叫等各種招數，牠們依舊站在屋裡的地上。鬥爭僵持了將近一個小時，母親才把幾隻大老鼠打跑了。渾身是汗水的母親，抱著我和弟弟，哭了整整一個晚上。

　　從那天開始，她又多了一個新習慣，枕頭邊放一把剪刀或棍子，以防不測。

四十四　著火

「老媽媽好勇敢。這個故事,讓我想起了在爸爸去世後沒多久、隔壁鄰居家著火時我媽媽的樣子。」娜娜緩緩地說。

「是什麼狀況,也說給我聽聽吧!」我從車上拿了兩瓶水,遞給她一瓶。並且下意識地,檢查了一下車的門是否鎖好。我認為,每個經歷過一些事情的人,都一定會在身體或習慣上留下印記。比如我,一定會仔細檢查各種門窗。因為剛工作的時候,我有獨自居住、被小偷偷東西的經歷,後來,我學會了認真檢查的習慣,無論在什麼環境下,我都強迫症似的多檢查一遍,否則,內心便會隱隱感到不踏實。

「好像是夏收時節,早晚的天氣逐漸轉涼,爸爸離開我們一年多,妹妹在爺爺、奶奶家。那個時間點,大人在白天工作了一整天的體力,所以睡得特別深。我那天看了一本小說,比較晚睡。記得看累了,無意中一抬眼,看到隔壁火光沖天,嚇得我連滾帶爬地跑到媽媽身邊,搖著熟睡中的媽媽,對著她的耳邊大喊:『媽,媽媽,著火了。』沉睡中的媽媽被我的呼叫驚醒。她一骨碌站了起來,披上一件外衣就衝到院子裡。然後,像消防隊員似的,一邊大喊『救火』,一邊把房間儲存的冬天被子拿了出來。那時,我也跑了出去,媽媽卻對我怒喝道:『回房間待著!』站在玻璃窗裡,透過熊熊火光,我看著媽媽,替她擔心。我看到她拿著盆子,把被子

四十四　著火

灑上水,然後,拖著沉重的被子,爬上與隔壁鄰居之間的牆頭,再然後,把被子鋪在牆頭上。我知道,那是先防止隔壁的火燒到我家的房子。對面的人家已經醒了,一邊喊人,一邊自救。但是,深夜,夏風習習,平時的舒爽,此刻都是惡魔。看著瘋狂的火勢,我媽只是一條被子接一條被子地灑上水,鋪在那堵牆上。後來,被子沒有了,我媽就把棉襖、棉褲、大衣灑上水,鋪在上面,直到家裡實在沒有什麼可以鋪的為止。沒有什麼可以鋪了,媽媽就端出一盆又一盆的水,潑向那堵牆。火勢太大了,四周的鄰居們全力以赴都沒有阻止房子被燒倒塌的結果。在大家的驚叫中,鄰居的房子『轟』一聲倒了,我媽也一下子癱坐在院子裡。我跑出去扶她,只見漫天煙灰中,媽媽全身溼透的身體在抽搐,頭髮一綹一綹地黏在她的臉上。可怕的火沒有燒過來,媽媽懸著的一顆心落了下來,她像一頭沉默的驢子,也像一個暮年的英雄雕像,半趴在地上,一口接一口氣地重重喘息著⋯⋯」娜娜講她母親的故事時,不知不覺間,淚水順著臉旁滑落到了衣服上。

十幾年後,當娜娜成長到二十八歲時,她母親突發心臟病,永遠地離開了這個世界。那天深夜,娜娜打電話給我,發出一種恐懼的聲音,只對我說了一句:「麗麗,我成為孤兒了。」那一天的這一句,我彷彿感到後背有死亡之手在撫摸我的肩膀。

娜娜的繼父在她大學畢業那年生病去世。女兒已經大學畢業準備工作了，娜娜的母親沒有再改嫁，守著娜娜自己過。

　　「我覺得，人對死亡一定是有感應的。」娜娜感慨地說，「媽媽去世那天，我們都在旁邊。那段時間，媽媽總是打電話催促我和妹妹回家陪她，但我們都不以為然，以為是母親裝老小孩，在撒嬌。」

　　「那天是週末，我和妹妹相約一塊回家陪媽媽吃午餐。中午大家吃了一頓媽媽愛吃的餃子。然後收拾好桌子，媽媽拉我們坐在沙發上，說陪她看一下電視劇再走。電視劇就是為媽媽這個年紀的人演的，好像是個家庭劇，有點無聊。我就站起來，準備去上洗手間，回頭看了媽媽一眼，但是……」是的，娜娜看到她的母親像睡著了一樣，半倚靠在沙發扶手上，但是，流著口水。後面的鏡頭裡，姐妹倆打119、110，什麼都無濟於事。老人家永遠地走了，一句遺言都沒有留下，彷彿沒有遭受一點痛苦。

　　也就是那天，成了孤兒的娜娜，改變了一個人生活的習慣，她在一年後的朋友聚會裡遇到了余威，他們同樣的愛情抉擇，讓他們成為一對默契度非常高的男女朋友。共同生活的十年裡，娜娜說，他們的目標只有一個，彼此每天都要努力相愛，用最真的情、最誠的愛，守住對方的身體和心靈。

　　十年，這樣努力地愛，他們好享受。為什麼會變了呢？

四十四　著火

問題出在哪裡？娜娜問自己。她的眼睛告訴我,她一點都不相信余威不愛她了。但是,她不知道,他與她之間,問題到底出現在哪裡?

四十五　錶

像哄小孩,我又返回車中,拿出一個蘋果,坐在娜娜旁邊,仔細地削皮和講述……

弟弟的事情剛過去沒多久,四歲多的我也出了一件大事。

家裡地方小,母親做飯時,順手把炒菜的鍋子放在地上。頑皮、淘氣的我,對身邊發生的一切都懵懂無知。

我每天調皮地在屋子裡四處亂跑。突然,我的腳被椅子絆了一下,一個重心不穩,頭不偏不倚地摔在炒菜鍋的鍋沿上。就這樣一個動作,我整個右耳被切成了兩半。然後,就是我那像殺豬一樣的哭號聲和痛得在屋裡滿地打滾的樣子。

正在收拾廚房的母親衝了過來,看見地上的血和我血淋淋的兩片耳朵,嚇傻了。緩過神後,她十萬火急地把我抱到衛生所,醫生一看這情況,搖搖頭說沒辦法,要趕快送醫院。母親急得沒辦法,便來到爸爸的二弟家,也就是我的二叔家。二叔沒猶豫,借了腳踏車,帶著我和媽媽去了鎮上的醫院,可是傷口已經傷到軟骨,醫院也說看不了。然後,他們又跑到了縣立醫院,才終於把我右邊耳朵縫合上。而那時,幾個月大的弟弟,還獨自一個人在家裡,無人照看。

當跑了一天的媽媽抱著我回到家時,看到弟弟餓得都不會哭了,一個人趴在地上,嘴裡吸著手指頭睡著了。一摸

褲子，尿得溼答答的。那一刻，母親的後背瞬間又充滿了冷汗。

母親願意為她心愛的男人守身一輩子不改嫁的想法，在殘酷的現實面前，徹底被打敗了。

她垂下最後張開的羽毛，向生活做了一次退讓。她半睜著無精打采的眼睛，對所有提親的媒婆說：「我的條件只有兩點：一是接受我的兩個孩子；二要是知識分子。」

不知道受什麼影響，母親就是覺得讀書人好。但是，在那個時代，大多數的男人、女人都是小學畢業，書讀不多。

母親人長得秀美，雖然經歷無數遍的生死考驗，但父親超級喜愛她的那黑黑的大辮子，她一直保留著。前前後後有幾個男人，母親在媒婆的陪同下看過，但一聽到他們沒讀過什麼書，母親的頭搖得像個波浪鼓。

後來看到母親太挑剔，提親的人就少了。有一次，奶奶過來質問她，到底什麼時候走，母親賭氣地說「半年之內」。

在提親的對象中，有一個男人，母親覺得很有意思，印象很深刻。她說，見面的第一次，還沒有說幾句話，他就送給母親一支手錶！母親說：「我覺得我們不適合，手錶太貴重了，你拿回去吧！」那個男人說：「現在不同意也沒有關係，手錶是一定要送的。」在當時，手錶是非常稀罕的東西，又少見又珍貴。在農村裡，母親也沒有機會戴它，堅持不要，但那個男人執意要送。

最後，那個相親的男人走了，手錶留在門口的地上，他還是把它留給了母親。母親覺得奇怪，但是，這個送錶的男人，讓她留下了深刻的印象。

四十六　離婚

跟奶奶約定的最後期限馬上要到了。

最後，匆忙中，母親跟了一個「嘴上承諾一切的男人」。

沒有相互了解的婚姻，日子大多數都是不幸福的……聊到這裡，我也想到了我的婚姻……

二十四歲本命年那年，我也選擇匆忙地結婚生子。沒有愛情的婚姻像牢籠，苦悶、憂鬱。我隨時都想逃跑，但是，有了孩子就像有了枷鎖，你負重而逃，很沉重也很累。沒有能量和膽量的人，都會像個膽小鬼，縮在這樣的婚姻裡混日子。

年輕的朋友，我一定要奉勸，如果想要為自己的一生負責，那就認真對待自己的愛情與婚姻吧！

我母親也一樣。沒有認真了解，她遇到了一個渣男，好吃懶做、吃喝嫖賭，簡直無惡不作。

兩天一小吵、三天一大吵的貧窮日子──終於在家裡一粒米都沒有的時候──徹底爆發了。

不僅是母親，身為小孩子的我，每次聽到桌子被酒醉的男人掀翻的聲音，都會嚇得瑟瑟發抖。

母親和那個男人在半年之後的冬天，辦了離婚。

離婚登記的辦事員，早就知道了他們之間的事情，連猶豫和勸解都沒有，直接就辦好了手續。不僅如此，那些辦事

員和周圍的鄰居,還幫母親把她帶過來的東西從那個男人家裡搬了出來,拉到外婆家。直到這時,外婆才知道母親經歷了這麼多,無能為力的她,卻也只能為自己的女兒唉聲嘆氣。

舅舅暴跳如雷,他像一個早就預知結局的旁觀者,各種奚落自己的妹妹——我的母親。

兒大不由娘。

當初那個義無反顧的母親,在生活中兜兜轉轉,彷彿又回到了原點。唯一不同的是,她多了兩個最沉重的包袱——兩個嗷嗷待哺的孩子。

幾十年後,我輕輕問母親:「對這樣的結果,您對最初的選擇後悔嗎?」母親沒有任何遲疑,目光堅定地對我說:「我不後悔。誰願意離開呢?我們這麼好。妳爸他在天上會保佑我們的,我相信,他愛我,他永遠都放心不下這個家。」

那一刻,我內心五味雜陳。

「是啊!好日子,誰願意被迫選擇離開呢?但生活就是這麼神奇,天妒他們,讓他們天人分離,各自感受那個痛徹心腑的分離之苦。」娜娜落寞地說。

「我也為我媽這種堅貞的愛情感動。」

天漸漸黑了下來。

「我們去附近的飯店住吧!明天再去見媽媽。」娜娜提議。

四十六　離婚

　　我拉起她的手臂說：「好。離家這麼近，第一次感受到了有家不能回的心情。」

　　我們特別選了一個小時候經常路過的老飯店。那時，它在我們的眼中多麼神祕。偶爾，我和娜娜會站在門口，看著出來、進去的人們，猜想，什麼樣的人才有資格住在裡面呢？睡在裡面，是什麼樣的感受呢？

　　今天，幾十年過去了，它像我們一樣，已經顯露出陳舊，雖然裝修一新，但掩飾不了設備的老化和設計的古板。離被淘汰，真的已經不遠了。

　　一間標準房，普通的沐浴設施，我和娜娜連洗澡的欲望都沒有。

　　洗洗臉，各自躺在床上。我覺得自己像一把散了的骨頭，半個身體埋在被子裡面。娜娜將燈全部關上，房間內一片黑暗。說了一天，哭了一天，我們都累了。想睡又彷彿心裡裝進了一粒沙子，難受。

　　我閉上眼睛，在默默無聲中，感受著、想像著，再過幾十年以後，我們所有人的歸宿，都將陷入這茫茫黑暗中。

　　「睡嗎？」

　　「睡吧！」

四十七　春天

「又下雨了。」站在窗邊,娜娜背對著我自語道。

「家鄉雨中景色怎麼樣?」昏昏沉沉中,我抱著枕頭,圍著被子,有氣無力地問。

「遠處的山,濛濛起霧。樹葉很乾淨,山也彷彿更清爽,我的心雖然還有雨,但也開始輕鬆起來。謝謝妳,麗麗。生命中,有妳這樣的好朋友,是我的福氣。」娜娜把頭靠近窗邊,回過頭來,微笑著對我說。

她偶爾這麼正式,我還真不太適應。我一骨碌坐了起來:「現在網路上都說,人生的驛站,有太多的岔路;每一個無奈轉身,每一次深情回眸;每一次成功逆襲;每一次肆意狂歡,都會畫上不同的句點。所以,妳經歷的一個小小分手,算什麼呢?我現在可以拍著胸脯告訴妳,屬於妳的春天,正在含苞待放。」

「什麼意思?」娜娜疑惑。

不知道哪裡冒出來的勇氣,我想把余威生病的事情告訴娜娜。

「我呀!昨天和妳的威威小朋友聊天了,妳猜怎麼樣?」

「嗯?」

「他又在找妳呢!妳把他手機封鎖了,是不是?」

「是。」

「快看看，他都打爆了，發無數次的訊息了。」
「當初那麼決絕，現在又何苦呢？我不看。」
「真倔強。妳說，妳像誰呢？」
「像我媽吧！」

聽到男友的消息，娜娜心潮澎湃，躊躇不定。望向她的那一刻，我在想，我希望，相愛的人都能夠知道，愛情有著他們心中最聖潔的光澤，無論生老病死，都不應該讓它抹上一絲黯淡的底色。愛情，應該讓愛在其中的人成長，並給予生命個體繼續努力活下去的力量。

窗外雨聲，淅淅瀝瀝。娜娜坐在床頭，跟我講了一段她母親和親生父親之間的故事。

娜娜父親家裡有七個兒子，她爸是老大，當年也是個百裡挑一的帥小子。十八歲那年，全村就他爸一個人被選中，參軍入伍。在部隊三年後，因為學歷低，他爸轉業回來。有過當兵經歷的他，那陣子可以說是村中女孩們愛慕追求的對象。當然，娜娜的母親也是其中一個。她長得不算最漂亮，但在莊稼地裡做農活絕對拔得頭籌，是個出名的好手，不僅如此，做飯手藝也是遠近聞名，尤其是炸油條，包包子更是一絕。

在那個生產力第一的時代，娜娜的母親就以這些優勢贏得了未來婆婆的青睞。雖然她並不是娜娜父親最喜愛、最理想的女孩，但是她爸孝順，對母親的意見很順從。互相來往

超過半年時間之後，娜娜的母親和父親正式成親。

　　因為雙方都很能幹，對一個農戶來說，他們的小日子過得也算完美。

　　每天從田間農耕回來，娜娜的母親都會在最短的時間裡做出一頓可口的飯菜。不僅如此，超級愛自己丈夫的她，包攬了家裡的一切家事。最後，還會在上床睡覺前，為他洗腳。而娜娜的父親學會了按摩，操勞一天，他會幫妻子按按身體。好日子是在兩個人的相互付出與磨合之中過出來的，在這樣互相照顧、關心的點滴中，婚後談情說愛的兩個人，居然越來越相濡以沫了。一年後，他們的大女兒娜娜出生。兩年後，他們的小女兒梅梅出生。看著兩個可愛的女兒，娜娜的父親越來越寵愛自己的妻子。一家四口的幸福日子，像糖果一樣甜蜜。

　　娜娜的父親不僅聰明能幹，還非常有管理頭腦。四年後，他就當上了村長。但是誰也沒有想到，在越來越美滿的日子裡，惡魔也在遠方潛伏。娜娜十歲那年，她爸突然出車禍死掉了，隨後，一家四口的快樂，從此不再擁有，娜娜媽媽的愛情世界也是天崩地裂……

四十八　知心

「人生貴知心，定交無暮早。」生命歷程相似的人，容易尋到友誼的氣味。

我和娜娜的友情，在小學三年級開始發展，經歷三十幾年，基本上沒變化。雖然脾氣並不相同，我非常好動，娜娜很文靜，但是，看到彼此的生活，就彷彿會自動理解彼此的生命。人世間，因為這份相似，創造了很多奇蹟和輪迴。

在我二十四歲那年的七夕，我繼父在他六十六歲時因病去世，突然間，一道「何為生命意義」的問題，在我心中無數次被重啟。我的生活中莫名地增加了虛無、虛幻，「結婚」成為我頭腦中首先顯現的一根「救命稻草」。那之後的半年時間，一個女孩 —— 我知道為什麼有「結婚狂」這個詞。

好巧，娜娜的繼父也在他六十六歲那年去世。我不知道，那時的娜娜是不是也有頭頂上的天空塌陷般的感受。雖然娜娜沒有結婚，但之後，她認真、努力地尋找愛情。青春的女孩，愛會光臨得很快。相戀的第二年，她選擇與心愛的男友同居，並且，兩人刻意地經營著一份與世間不同凡響的情感。

「現在這個時代，每個年輕人都忙著追逐。追求夢想，追求名利，追求愛情。在『追趕』的過程中，發現這個社會變化太快了，無論如何努力，都有些無所適從或心力交瘁。

那一份隱隱的挫敗感，讓人困惑，手足無措。有的人可能會想，與其那麼痛苦，還不如醉生夢死，及時行樂。反正，人生也是無聊、無趣和無望。每當我看到那些麻木擠公車的人，或在網咖打遊戲的年輕人時，我都有點恍惚，彷彿看到的是一場無煙的戰爭過後，橫七豎八的活屍體，在慘烈地哀號……」娜娜縮了縮身子說。

「還好吧！被妳一形容生活，還滿可怕的，我覺得除了無聊，慢慢來的日子，做自己喜歡的事情，還是很滿足和知足的。」沒有詩與遠方，我對我眼前的小世界，時而憂愁，時而歡喜，時而滿足，起起伏伏，像沙灘上的海浪走了又來，來了又走，永無停息……

「起床吧！先去家鄉附近走走。二十幾年了，沒有認真看過雨中的家鄉。」娜娜拉我。

「我再跟妳說一小段，好不好？」

「好。」娜娜像隻貓，放大瞳孔，屏氣凝神地蜷縮在我的被子旁邊。

四十九　沒有爸爸

　　我母親帶著我和弟弟，回到了娘家。

　　我母親本來以為，多少會得到一些家人的支持。可是看著家人不歡迎的態度，她才知道，為了愛情與親情決裂的人，再回到這裡，就成了一個多餘的人。意識到已經沒有什麼顏面回娘家了，母親又從娘家搬了出來，在附近鄰居家租了兩間破舊的房子。

　　為了活命，母親帶著年幼的我們，學會了養豬，做小本生意。為了給豬餵食時少用糧食，傍晚，她會拿條繩子，把弟弟和我捆在她的腰上，像一串音符，叮叮噹噹、吵吵鬧鬧地去地裡拔野菜。那段日子，雖然照舊過得艱難，但跟之前的那些日子相比，已經安寧了許多。

　　房東人很好，也是母親曾經的鄰居。他們看母親的日子過得很不容易，經常給予各種幫助。還總是對母親說：「妳先住在這裡，我不缺妳的房租錢，什麼時候有，就什麼時候給。」

　　年輕的母親，在起起落落的世間，已經過早經歷異乎尋常的生活，她莽撞倔強的人生，開始遲緩了下來。不管怎樣，母親依舊保持堅強樂觀的基調，對我親生父親之愛，也從來沒有懷疑和動搖過，她獨自帶著兩個孩子拚全力活著。

　　而母親改嫁又離婚的那個男人，知道母親搬回娘家，竟

然死皮賴臉地找到這裡，並且，使出各種「渣男」方法和手段，跪求母親跟他回去過日子。望著他變形、醜惡的嘴臉，母親果決地罵出：「給我滾！」

但是令母親意外的是，這個「渣男」並沒有善罷甘休，無論遭到母親怎樣的對待，依舊三不五時地來搗亂。沒有辦法，母親帶著我們東躲西藏。

本來已經好轉的日子，再一次支離破碎、戰戰兢兢……房東實在看不下去母親這樣的生活，便託人又幫母親提了一個親。

媒人介紹說，這個男人的家就住在跟我親生父親一樣的村子。他沒有結過婚，有讀書，唯一不太相配的是他與母親相差了十七歲。當時，我母親還不滿三十歲，而他，已經快五十了，在當時的農村，有些父女也差不多相差這樣的年齡。對母親來說，她實在無法接受。雖然日子難過，但她已經害怕了，便一口回絕了這件事。

「渣男」鬧了一年多，得到的依舊是母親的決絕、不理。後來自知無趣，他也悄無聲息地消失了。

平靜的日子終於來了，母親帶著我和弟弟又單獨過了一年。逐漸長大的我，開始要讀小學了，而弟弟也要開始上幼稚園了。

上學那天，母親陪著我去學校。老師問了一個數學問題，因為母親平時教了我一些，我勉強答對了，於是順利進

四十九　沒有爸爸

入小學。但是剛入學的時候，每隔一段時間，我都會哭著跑回家，問母親：「為什麼我沒有爸爸？為什麼我沒有爸爸？同學們說，我爸爸死了，是真的嗎？爸爸什麼時候會回來？」

母親面對孩子這樣的哭問，毫無準備，手足無措。她經常抱著我們，淚流滿面地坐在院子裡，對著老天爺說：「孩子的爸，你聽到了嗎？他們問你呢！你什麼時候回來⋯⋯你什麼時候回來⋯⋯你什麼時候回來⋯⋯」

五十　讀書人

為了孩子，倔強的母親又一次向生活投降了。她託媒人，再次幫孩子們找爸爸。

一個月之後，又有媒人來介紹，但是，讓母親萬萬沒有想到的是，這一次提親，居然還是那個大了她十七歲的男人。

母親覺得很奇怪，怎麼過去這麼久了，他還沒有結婚呢？

雖然一次面都沒有見過，但這次為了孩子，她同意見一面。見面之後，母親猛然間認出，這個人是幾年前送給她手錶的那個男人，這一切太不可思議了。

也許這就是天意，也許這也是冥冥之中的安排……

有過一次失敗的婚姻後，母親開始成熟起來。這一次，她沒有貿然決定和這個男人進一步發展，而是利用各種關係，打聽這個男人的家庭和個人情況。經過幾個月的詳細了解，母親很是欣喜。這個男人的名字叫余姚林，除了有一個老母親，家裡還有個哥哥，已經結婚成家，單獨過日子。

余姚林是附近幾個村子裡有讀書的人之一，早年當過老闆的祕書，後來由於特殊原因，回家鄉後當過老師，他書生氣息很濃郁。在那個講究出身的時代，他因為家裡窮、年紀大，所以一直沒有找到合適的女人。

其實，這些都是冠冕堂皇的話。在我的成長中，我隱約了解到，這個即將成為我繼父的男人，他在青春時有過一段刻骨銘心的愛情，但是因為各種原因，他與她的愛情沒有修成正果。受過傷痛的他，對成家立業有點灰心，為了應付他的母親，他一次次被逼迫，也一次次拒絕，就這樣，耽誤自己到了這一大把年紀。

對母親所經歷的婚戀坎坷之事，這個即將成為我繼父的男人非常關注，所以很多細節也都很清楚。身為一個讀過書、有見識的男性，他對堅強的母親有一定的好感，所以，也一次又一次地請媒人找母親提親。

猶豫、考察再三後，我年輕的母親，終於答應了這門親事。

因為又嫁回村子，母親和他之間沒有舉行任何請客、送禮之類的結婚儀式。只是繼父把母親的全部家當搬運過去，大家住在一起，這樣，就算是一家人了。

五十一　繼父

那時，我已經長大懂事了。

繼父過來搬家那天，下著濛濛春雨，我和弟弟的頭上頂著母親放的一塊大塑膠布，像兩隻小雞站在屋簷下。

繼父沒有找人幫忙，他一個人上上下下地忙著，汗水、雨水淌溼了一身。母親和他沒有說過幾句話，大家只是看彼此都同意，就搬東西到一處，準備成家了。這一天，母親表現出少有的羞澀，她特意穿了一件白色帶紅碎花的外衣，兩條大辮子仔細地又重新編了一次。

繼父讓母親負責搬運小件的東西。母親怕把衣服弄髒，拿東西時，躡手躡腳的。但是，身體語言中，可以找到她幾歲時搬遷的心情，渾身透著對未來生活的新期待。而我和弟弟，呆頭呆腦的，對正在發生和未來即將發生的一切生活變化，一無所知。

雖然下雨，但一天都不想耽擱的繼父，也渾身充滿了幹勁地忙碌著。能夠組成一個家庭，我母親、我繼父，也是這兩個人這麼多年來，第一次感到前所未有的輕鬆和踏實。

直至今天，我仍記得第一次走進繼父家門時的情景。

弟弟自從出生後，幾乎沒有感受過家中有其他人的生活狀態。一進繼父的家門，他特別興奮，出奇地表現得嘴甜又乖巧。當他看到床上有一位老奶奶時，就像一隻可愛的小狗

五十一　繼父

跑了過去，小手高高地舉著水杯，對著床上的老人，聲音洪亮地說：「奶奶，奶奶，給您喝，給您喝⋯⋯」

老奶奶先是一愣，繼而高興地說：「乖孩子，奶奶喝。給你，奶奶有糖。」說完，她也頻頻向站在門邊上的我招手。

那時日子窮，糖果對一個孩子的誘惑是致命的。我的內心極其渴望，但身體卻僵硬地站在那裡。在破碎家庭中成長的我，對於不熟悉的環境和人，開始有了一種本能的自我保護。弟弟小，他爬上床，像小雞一樣張開口，嘴裡還含混不清地叫我：「姐姐，來，和奶奶一起吃糖。姐姐，來，和奶奶一起吃糖⋯⋯」

這時，母親進來了，她不知道什麼情況，只看到弟弟纏著老人要糖吃，便一把把他拉了下來。

「這孩子，真不懂事，怎麼能亂要糖吃⋯⋯」說完，母親還在弟弟的屁股上拍了幾下。剛才還是春風，這下子化雨，對弟弟來說，被冤枉了，頓時委屈地「哇⋯⋯」的一聲，坐在地上大哭起來。

五十二　讀書

「這打孩子的媽媽,真是要不得。」娜娜替弟弟委屈地說。

「所以說,教育是一件大事情。但如何教育好孩子,對我媽來說,只有一條,我的孩子再也不要在村子裡吃苦、受累了,一定要到大城市去,一定要到大城市去賺錢生活。到大城市賺錢過繁華的日子,是我媽最嚮往的事情。」我學我母親的腔調說話,引得娜娜「咯咯」大笑。

「我們村子裡,不都是這樣嗎?農村孩子,脫離泥土地的唯一方法,只有上學、讀書。我以前沒有意識到這一點,在小學六年級畢業回家的那一天,我背著所有文具用品回到自己的房間。」

「像鏡頭掃描,我看到,我居住的房間牆壁黑漆漆,一個僅有的窗戶,貼在上面的紙張,又破又黃,有幾個大大小小的窟窿,被夏天的風吹得呼啦啦地響。磚頭和門板做成的書桌,樹根做成的椅子,半張破床上,一團露著補丁的被子。我的身上是穿了幾年的舊衣服,沒有襪子、沾滿泥點的鞋。它們真的要伴隨我一生嗎?」

「坐在我的書桌旁,突然,我感到一陣難受。家裡靜悄悄的,陽光晒得後背暖暖的,但我的內心卻感到一陣陣寒冷。我彷彿才意識到,我的小學生活,再也沒有了,再也回不去

了⋯⋯」

「剎那之間，我長大了，我頓悟了。我知道，我只能為自己的未來打拚努力，否則，這樣的生活有可能伴隨我一生，但我不想要這樣的日子⋯⋯然後，我第一次主動拿起課本，重讀了一遍文字，居然有了很多意外的收穫。」

「從那天開始，媽媽成了我的後勤隊，她一家一家地拜訪，幫我借各種有字的書籍。什麼題材都有，養豬的、畫畫的、寫對聯的、外國小說、武術集錦⋯⋯不僅如此，我繼父也會從公司裡撿回許多報紙或有字的文件給我看。那是個飢渴的、自由的暑假，也是我收穫最多、最快樂的一段時光⋯⋯」娜娜愉悅地回憶著。

「那時，我記得，妳在家裡看書，而我就慘了，妳知道嗎？我媽要我和鄰居的大姐姐，去當服務生，去體驗生活艱難。我工作了將近四十天，幫小餐廳洗碗、掃地。結束那天，我把薪水拿回家遞給我媽時，她並沒有特別地欣慰，而是旁敲側擊地說：『錢不太好賺吧！』我順口回應說：『非常難，一點也不好賺。』我知道，我媽要我出門工作，就是要讓我體驗一下『讀書比工作輕鬆』。可是，那時貧困的家庭生活，使我坐在教室裡讀書時，心情特別不安，並打從內心覺得，我上學是一種沉重的負擔。那時，我只想著，義務教育之後，去城市工作賺錢養活自己，改善家裡的日子。」

人生，總會因為原生家庭的貧富差距，讓窮苦的孩子早

早地意識到,要趕快成長,趕快獨立養活自己。

畢業後,我希望進社會賺錢,母親不同意,她逼我,也逼她自己,把我的讀書生涯供給到最大的上限。現今長大了,我非常感謝母親,身為目光短淺的孩子,有的時候,就是需要被成人逼迫一下的。

五十三　新衣

　　母親和繼父組成家庭後，我和弟弟開始過正常孩子的生活。儘管這個家庭還是一如既往的清貧，但因為有了繼父，彷彿一個家完整了，也逐漸能聽到更多發自肺腑的歡聲笑語。

　　我和弟弟在這個特殊的家裡，受到繼父和他的媽媽——我們的後奶奶——像一家人般的「疼愛」。母親看在眼裡，喜在心裡。那時，我便能一點點見到，母親好看的臉上，泛出了笑容和紅暈。有時，我和弟弟學業成績優秀了，她會高興地蹲在灶臺邊，一邊幫大家做飯，嘴裡一邊哼著小曲小調，像條小金魚，輕盈靈動。

　　繼父這邊的老奶奶雖然身體不太好，但為了減輕母親的負擔，依舊爭著、搶著做家事，為的是讓母親可以挪出更多時間，照料我們的功課。

　　那時，家家戶戶窮得響叮噹，大多數家庭都剛解決吃飽飯的問題。穿新衣服，我和弟弟從來都不敢想。為了省錢，我的衣服是媽媽舊衣服改成的小號款，弟弟的衣服是我的舊衣服再二次改良過的。弟弟小時候長得特別俊秀，一穿上改裝過的姐姐的舊衣服，可愛得像一個小女孩。其他小朋友看到後，就會起鬨，在他的後面亂喊、亂叫：「小女孩，小女孩……」因為這樣，弟弟經常會氣呼呼地噘著小嘴跑回家，生悶氣。

母親知道後，便對他說：「等你哪次考試兩科都考一百分，我就幫你做一套男孩子的新衣服。」弟弟一聽，眼睛裡閃著光亮。我在旁邊也聽到了，對媽媽說我也要。母親點著我倆的鼻子說：「好，拿你們的一百分成績說話。」為了能有新衣服穿，那段時間，我和弟弟就各種比賽，早起、站在院子裡背課文、寫作業。

學期結束，弟弟真的兩科都考一百分，而我，沒有達到要求。

母親拿到成績通知單後，本來就重男輕女的她，此時眼睛裡流露出更加偏愛弟弟的眼神。她一邊撫摸著弟弟的頭，一邊說：「等著，明天就讓你穿上。」說完，還瞥了我一眼，我眼眶裡打轉著淚水，但也啞口無言，不敢索要。

吃過晚餐，母親開始翻箱倒櫃，找出一卷灰黑色的布匹。然後，她在弟弟的身上左比比、右畫畫。等我們睡覺了，她獨自一個人，真的用了一個晚上的時間，做出一套上衣和褲子。

第二天天還未亮，惦記新衣服的弟弟早早醒來，看到新做好的衣服，激動得把釦子都扣得歪七扭八的。後奶奶和繼父看到了，和母親一樣笑得前俯後仰。我在旁邊，心裡酸酸的。

那段時間、那裡的房子、那裡的院子、那裡的每個人，都在全身心地感受著最普通家庭裡散發出來的溫暖與幸福的味道……

五十四　後奶奶

　　日子雖然還是苦澀的較多，但終歸有了變化，我母親的快樂也漸漸多了一些。在逐漸變好的日子裡，母親依舊有她的煩心事，那就是我。

　　她說我，就是一個煮熟的鴨子——嘴硬。無論新的奶奶和繼父對我如何關照，我就是不開口叫他們「爸爸」和「奶奶」，無論母親怎樣威逼利誘和苦口婆心地引導，都無濟於事。

　　不開口叫人的我，偶爾會聽到繼父小聲地勸母親：「孩子大了，不要著急，要給孩子時間，我沒事。」聽到這樣的對話，其實，我心裡暖暖的。不知道會有什麼樣的機會，讓我主動開口叫他「爸爸」。

　　平凡的日子裡，我們的新家，又傳來了一個好消息。

　　因為繼父有學歷，曾經有過教學經驗，離家四十公里的地方，有一所剛成立的學校邀請他去當數學老師。對知識分子，母親永遠充滿了崇拜感。雖然家裡老的老、小的小，老師的薪資也不是很多，但她依舊支持繼父去學校工作，即使因為路遠，繼父不能經常回家幫襯，她也覺得心甘情願。

　　那段日子，繼父在學校教書，一個月回來一次。母親和後奶奶共同在家裡照顧田地裡的莊稼，院子裡的雞、鴨、豬，還有我和弟弟。每逢農作多的時候，繼父會多請幾天

假,回家幫母親。

雖然還是辛苦,但母親時常覺得那時候的日子,已經很滿足了。一個曾經心高氣傲的女孩,最終被生活活生生地磨成了一個最沒有要求的家庭婦女,心中只有四個字——知足常樂。

她越來越開始認同自己就是個普通人,如今能過這種踏實穩定的生活,就是老天爺對她的深恩厚誼。

除了宇宙是永恆的存在,世間萬物都在千變萬化。在這個永不停歇、旋轉的地球上,在這個流水奔騰的歷史長河中,一個小村莊的人與事,也瞬息萬變。

三年後,後奶奶病倒了。

母親急得找遍中醫和西醫,開了一包又一包的藥帶回家。為了能讓後奶奶的病快點好起來,她日夜精心照顧。每天除了熬藥,還會等後奶奶喝完中藥,專門抽出時間,耐心地陪她話家常,用來減輕後奶奶的痛苦。在這對特別的婆媳的聊天中,母親也逐漸了解了她第二個婆婆的身世。

後奶奶的丈夫是個遠近聞名的知識分子,特殊時期,因不堪欺辱的他,拋妻棄子,跑到後山上吊自殺了。而那時,後奶奶也才三十歲出頭。身背壞名聲的她,獨自帶著兩個兒子,像山石中硬擠出來的小野花,一天天熬著過日子。後奶奶也是個有讀過書的人,日子雖苦,她以自己的學識,擠出時間教育孩子們讀書、識字,並將他們送到學校裡。

五十四　後奶奶

　　母親聽到這些往事，用特別像俠客的口氣對後奶奶說：「我們倆命運的遭遇大致相同，都是苦命的女人，往後不管怎麼樣，我們都會有福同享、有難同當。」後奶奶看到母親可人的樣子，聽完就躺在床上笑個不停。

　　月光下，兩個相差四十多歲的女人，像兩隻受傷又堅忍的母狼，擠在一起，陪伴取暖。

　　長長的影子中，她們看到了對方走過的人生路途，有太多一樣的離別、一樣的辛苦、一樣的怨恨和想念，各自發出的憐憫之愛，也織起了一縷惺惺相惜的情緣。

五十五　罹癌

　　但是，無論吃多少中、西藥，後奶奶的病一直都不見好轉，而且越來越嚴重。

　　母親覺得事情不妙，便借來小推車，鋪上被褥，把她放在小推車上，送進鎮上的大醫院。

　　從家到鎮醫院，一共三十多里路，母親用了大半天的時間，才將後奶奶送到醫院。醫生檢查完以後，說這種病很少見，不太清楚到底是怎麼回事。於是開了一張轉院的單子，建議她們去縣立醫院仔細檢查。母親二話不說，一個人推著老奶奶，又去了更遠的縣立醫院。

　　走走停停，說說笑笑，母親陪伴著後奶奶的樣子，讓路人覺得，兩個人不像是看病，倒像是郊遊。母親和後奶奶到達縣立醫院，應該是第二天中午了。經過一系列的檢查，醫生告訴母親，後奶奶的病被初步確診為「子宮癌末期」，也就是說，活不了多久了。

　　母親一聽，非常著急，問醫生這是最終確診的結果嗎？醫生告訴母親，縣立醫院的設備條件還是有限，如果不放心，可以去市立的大醫院再看一下。母親當然不相信，於是，醫院又幫母親開了一張轉院的通知單，建議她帶後奶奶去市立大醫院再確認一下。

　　到外縣市的路太遠了，母親一個人也不認識，不敢作

主。於是，她又用了兩天的時間，推著後奶奶趕回家中。那時，我大了一些，可以自己做飯吃了。但母親還是不放心，用幾天的時間，做了許多餅，放在桌子上，給我和弟弟吃。

「那個時代，跟現在一樣，是最好的，也是最壞的。兩個孩子留在家裡幾天，大人也放心。」娜娜喃喃地說。

「大家都忙田地裡的工作，我十歲了，弟弟也七歲了。在我媽眼中，她十歲的時候，都開始負責做家人的飯菜了，而我，已經算很嬌生慣養了。」

其實，大人不在家的日子，我非常害怕。雖然知道她們去做什麼，但晚上睡覺的時候，依舊驚慌失措，沒有一點安全感。也許是從那時候開始，我的心變得脆弱，也變得堅強，像一顆煮到半熟的雞蛋，從外面輕輕捏，它是硬的，如果用力的話，就會看到不熟的蛋黃流瀉。

「別說妳的雞蛋了，後來怎麼樣了？」娜娜催促道。

五十六　麵包

後來……

縣立醫院建議去市立醫院看病,後奶奶知道了,她無論如何都不同意。

那時聽到「癌症」兩個字,和現在一樣,相當於判了「死刑」。母親打電話給遠在學校住宿、教學的繼父,告訴他發生的一切。然後,自己作主,把家裡的兩頭豬賣了,當作治療費用。

家鄉與市立醫院的距離非常遠,那個年代的交通,非常落後。對我母親來說,要去城市,就相當於去了另一個世界或國家。

無法去更遠的地方,至少有三個原因。一個是出門要花錢,大家都窮,沒有錢;一個是交通非常不方便;另一個,就是他們大多數人都不識字,怕到更遠的地方,迷了路,會找不到回家的路。所以,沒有非常特殊的原因,父老鄉親們都很少出遠門。

繼父是個孝子,接到我母親的電話,馬上趕了回來。

回到家後,他在附近找了一個經常去城市做生意的鄰居。苦苦哀求後,人家才答應幫忙他和後奶奶進城。但是,常司機看到後奶奶的身體狀況後,又改變了主意,勉強說只負責送過去,不負責帶回來。沒有辦法,繼父便把家裡的腳

五十六　麵包

踏車和被子，放在人家的貨車上帶著。

　　經過貨車上大半天的風吹和顛簸，繼父終於把自己的老母親送到了大醫院。徹底檢查後，最權威的醫院給出了最終的結果，後奶奶得了子宮癌末期。專家建議說，老人家快七十歲了，就不要留在醫院裡做治療了吧！回家好好休息，讓老人家想吃什麼就吃什麼，好好孝順就得了。懂一點醫術的繼父，懇請醫院開一點減輕病人痛苦的藥，於是，他們為繼父象徵性地開了一些。拿到藥，繼父騙自己的母親說：「沒有什麼大病，看，醫院還開了這麼多藥呢！一定能治好。」後奶奶也信了，她高高興興地跟著兒子在城市玩了一天。

　　繼父沒有多少錢，也捨不得花車費，推著腳踏車，帶自己的老母親在城市轉了一圈。老奶奶說，她都看到了，沒白活，養了一個好兒子（她的大兒子因特殊原因，已去世）。當天晚上，繼父和後奶奶在小旅館住宿了一夜之後，第二天，繼父騎了一整天的腳踏車，把後奶奶送了回來。

　　直到夜裡，他們才進家門。看到老奶奶和繼父憔悴的樣子，母親心疼得眼眶紅了。反而是後奶奶勸她，說她能活著去城市，看到那麼多人、車、高樓，真值得，賺到了。

　　聽到老小孩般的後奶奶說笑話，我和弟弟也一骨碌爬出被窩，拉著她，要她跟我們說說城市裡都有什麼。後奶奶說：「很多呢！在被窩裡等著。」於是，我和弟弟就像兩隻聽話的小狗，順從地趴在被窩，看後奶奶變魔術。她東摸摸

西摸摸,從包袱裡拿出一塊白白的東西,告訴我們,這叫麵包,外國人吃的,今天先睡覺,明天早上就可以吃了。

麵包,我們第一次聽說。聞著奶油味道,我和弟弟哪能睡得踏實。第二天天還未亮,我們就嚷嚷著要起床吃麵包上學。母親沒有辦法,把麵包分給我們。然後就看到,我們像兩隻不同性格的小惡狼,在搶吃一頓美味。弟弟兩、三口全部吃光了;而我,左看看、右咬咬,並不急於全部吃完。雖然那時缺衣少食,但第一次吃麵包,對我來說,並沒有覺得特殊或好吃。

最後,我還留了一塊,給母親和繼父,還有後奶奶,惹得母親第一次正面誇獎我:「有女兒,真好!」

五十七　李老師

娜娜「咀嚼咀嚼」了幾下嘴巴，說：「我餓了。」

「我也餓了，走，去吃飯。」

在大馬路邊的早餐店，我和娜娜吃著家鄉的包子、油條、豆漿，味道都沒變，但城市變了，我們也變了。看著來來往往忙碌的人群，這裡既陌生又熟悉，唯有心中遙遠的記憶，讓我們在這裡不斷翻找那些曾經流逝掉的時光，都是怎麼出走的。

「妳們是麗麗和娜娜吧？」正在低頭吃飯，忽然有人站在桌子邊問我們。吞掉咬了一半的包子，放下咬在嘴裡的筷子，娜娜和我同時問：「您是？」

「我是妳們的李老師呀！妳們上小學時，我幫妳們上過體育課，還帶妳們參加過足球比賽呢！」

我們齊刷刷地站了起來。想起來了！這可是位嚴厲有加的老師，體育課不積極不及格，會罰跑操場跑到吐的那種。

「李老師好！」古語云：「一日為師，終身為父。」我和娜娜恭敬地打招呼。幾十年過去了，李老師滿頭白髮，滿臉皺紋，我模糊的印象裡，那曾經挺直的腰板和身影，都找不到了。他一手提著菜籃，一手拿著早點，滿面慈祥地說道：「我每天都來這裡買早餐，沒有想到能碰到妳們。好，沒認錯人就好，妳們慢慢吃吧！」

「是啊！李老師。您再吃一點……您多保重……」娜娜結結巴巴地說。師生多年未見，氣氛有點尷尬，我和娜娜還有點不自在。唐突相認，李老師貌似也有這樣的感受。

「看見妳們都滿好的，我也高興，我先回去了。」打過招呼後，李老師步履蹣跚，提著大包小包，往前走了。

「就像一場夢，李老師，呀！至少幾十年的師生情了。如果他不認出我們，我們恐怕真的不敢叫他。他什麼時候退休的……他的樣子怎麼這麼老啊……」娜娜感慨地說。我也觸目傷懷，心中無限唏噓之情。時光啊！你偷走了多少年少輕狂！

上學！李老師！生命中的偶遇，讓我和娜娜產生了先去看看兒時小學的欲望。

吃過早餐後走了十幾分鐘，我們曾經的小學校址就到了。

滄海桑田，記憶中的學校位置還在，但早已不是一所學校了。它緊閉著的大門鏽跡斑斑，偌大的院牆，給人的感覺像一間神祕的廠房或地下實驗室！

社會變化得好快，連農村的學校也是如此。孩子們少了，學校也合併了。站在曾經的校門口，我們合了一張影。也許，很多年之後，這裡也將不存在了。

順著學校大門口，我們繞著村莊的土路往北行駛。那上面有一條我母親牽腸掛肚的河流支道。

車子停靠在河邊堤壩上,我們向下、向前眺望,這個季節,河水很淺,像我們小時候在這裡戲水的深度。望向它,長大了的我,再也找不回童年在裡面抓魚摸蝦的野趣。遠處,一片片的白楊林和果林,也很少再見農村人忙碌種植和收穫的身影,這裡早已是現代化的耕地了。向南,穿過層層翻蓋一新的農家院落,在朦朧的煙霧中,我彷彿隱約地看到,在我兒時,我母親忙碌的身影⋯⋯

母親在大柴鍋邊架了一個小爐子,一邊用扇子扇,一邊用嘴吹,幫後奶奶煎藥。

除了醫院開的藥,繼父自己也查了一些醫書,在藥店幫老母親抓了一些中藥,讓我的母親煎煮,給後奶奶喝。雖然知道是絕症,但母親非常希望是醫院檢查錯了,所以煎藥時特別盡心,她期待後奶奶的身上能有人間奇蹟。

藥煎煮過了,後奶奶也喝了,但她的病還是日益加重。同一時刻,學校催促著繼父返校教書。母親支持繼父,要他回去上課。為了能專心照顧後奶奶,母親幾乎把所有的精力都放在後奶奶身上,便疏忽了管教我和弟弟。

我和弟弟小時候很調皮,喜歡和小朋友們一起玩耍。但不知道為什麼,每當我們和小朋友玩得正在興頭上時,都會有大一點的孩子來欺負我們。

他們站在大家中間,指著我和弟弟,告訴跟我們一起玩耍的小朋友們說,我們的爸爸是繼父,不要跟我們玩。那一

刻，我恨不得鑽進地洞裡。弟弟雖小，但他不服氣，有時握著小拳頭跟大男孩子們打上一架。雖然被打到臉上、身上有各種傷痕，但他很少哭。看到弟弟和大的男孩子打架，我這個姐姐還不爭氣，經常哭哭啼啼地跑回家。但也不敢告訴母親，只在心裡對自己說，我恨死他們了，我再也不跟他們玩了。

後來，我就很少和小朋友一起玩了。直至今日，我對那些孩子們很少有好感，或者說，我不會原諒他們。我的內心裡，對他們是憎惡的。

五十八　爸爸

　　「『恨』過的童年，會為孩子帶來不一樣的成長經驗。在『恨』別人的同時，人也會『恨』自己。我就會『恨』自己無能，『恨』自己力量不夠。有時候，一遇到挫折，彷彿身體開始蔓延『恨』的能量和情緒，堵在心口，讓人牙根發癢且渾身冒火。幸好生命裡，我遇到了寫作，寫出喜怒哀樂，也算是幫這種叫『恨』的玩意，找到一個出口，能釋放一下身體的壓力。」重溫童年，我的雙眼流露出濃濃的鬱結和困惑，幽幽地說。

　　「我們都是心中被種植苦痛的孩子。」娜娜很有感觸，淚水含在眼睛裡打轉。

　　「記得媽媽帶我改嫁那一年，我十三歲了。周圍的孩子和大人，偶爾會用各種語言侮辱我和母親、繼父。身為小孩子，我一直強忍著。後來，有一次，是我媽和繼父同時看到了。一個成年男子和他家孩子對我亂罵一通。當時，我媽和繼父衝了過去，和那個男人拉扯起來。繼父腿有傷殘，人也瘦小，我猜想從來沒有打過人。這一次，他為了我，真的像個老虎一樣，嚇壞我了。然後，我一邊拉媽媽的衣服，一邊拉繼父的衣服，都無法制止。後來，在我的一聲『爸』中，戰鬥結束了。當時，這一聲『爸』，連那個罵我的男人都嚇到了，他沒有想到，我會在那個時刻，喊繼父『爸』。」

「後來呢?」我第一次聽到娜娜講這些,內心泛起一陣酸楚。

「後來,繼父和媽媽帶著我回家。雖敗猶榮,因為喊了他一聲『爸』,我媽特別幫我做了一頓雞蛋麵。但是,我跟妳一樣,嘴硬,雖然在迫不得已的情況下喊了一聲,但在後面的十幾年內,我沒有再叫過他。只在他去世那一年,在醫院的病床前,他用盡最後的力量,對我說:『孩子,當年因為妳叫我一聲爸,我就認定了,妳是我女兒。所以,我和妳媽媽商量好,不要生孩子,把妳好好養大,妳就是我永遠的孩子。』聽到繼父這樣的遺言,我那天把十幾年的『爸爸』叫給他聽,我看到,他帶著笑離開了這個世界……」娜娜的淚水像決堤的河流,波濤洶湧。

過了好長時間,娜娜平復氣息後,淡然地說:「我有兩個好爸爸。他們都把最好的生活留給了我。其實,在我的心裡,我也早就認同他了。只是因為我很愛我的親生父親,所以我不想再叫任何一個人為『爸爸』。母親說,繼父都知道,他說我是個知恩圖報的好孩子,所以要不惜一切代價養育我,供我上大學。在繼父的心裡,他很為我驕傲,他曾說,這一生,有了我和媽媽,無悔、知足。」

那一刻,我緊緊地捏了捏娜娜的手。

樹欲靜而風不止,子欲養而親不待也。

五十九　骨血

　　我也想起我第一次叫繼父「爸」的情景。那天，急風暴雨，但很快雨過天晴，巷道裡積滿了雨水，溼漉漉的。

　　那時，我和小朋友們跑出家門，在巷道裡一撮一撮地玩泥巴。抬頭叫同伴的瞬間，我看到繼父騎著腳踏車回來了。他穿著一件深藍色的雨衣，車上和雨衣上沾滿了黃泥水。可能那天的雨和風太大了，他前額的頭髮胡亂地掛在他的臉上，特別狼狽的樣子。

　　路過我的身邊，他下了腳踏車，喊我：「孩子，跟我回家。」然後，我非常順從地跟著他的車輪印往家裡走。

　　進了院門，他一邊脫雨衣，一邊從身上的黃皮包裡摸東西。母親看見了，叫我別對繼父搗亂。繼父說：「沒有，我帶了一件禮物給孩子。」說著，他把一本書遞了過來。那時，我是個愛讀書的孩子，看到書，特別興奮。母親在旁邊插話道：「看妳開心的，還不快謝謝妳爸。」我一愣，有點不好意思地說了一句：「謝謝您……」繼父用滿是笑意的眼神看著我，母親也滿眼都是鼓勵的目光，然後，我張了張口，小聲地說：「爸爸。」「哎！」事情就像撫順了一樣，從此，我和弟弟都叫他「爸爸」。但是，他並沒有因為兩個孩子叫他爸爸，而停止生一個流淌著自己血液的孩子的想法。

　　我那時無法理解，為了生一個孩子，他和母親會經常

爭吵。

清晨的睡夢中，我會聽到他們的爭辯。

母親的意思是不生了，把兩個孩子帶大，一定會好好照顧和回報他的。

繼父卻說：「兩個孩子，我都非常喜歡，但是生而為人，在這個世界上，什麼都不是財富，唯有自己的骨血，是可以傳承的。後面的生活，我什麼夢想都沒有了，只希望能生一個自己的孩子。」

再後來，我聽說有幾個居心不良的鄰居，在繼父的背後，總是借題發揮、指桑罵槐、旁敲側擊地貶損他。心情極度壓抑的繼父，不知從什麼時候開始，越來越極端地渴盼有一個屬於自己的親生骨肉，從此不再背負「老絕戶」的惡名。

六十　砂石場

　　我和弟弟經常受其他小朋友的欺負，母親後來也知道了，她還把這件事情跟繼父說了。他覺得非常不好受，而且自己的老母親絕症在身，這一切的生活現狀，讓繼父覺得自己應該留在家裡，照顧妻兒老小。和母親幾經商量後，他便把老師的工作辭掉了。

　　我和弟弟逐漸長大，後奶奶依舊天天喝繼父開的中藥，家裡的開銷入不敷出。

　　繼父是知識分子，他覺察到，身為農村人，只把種地當作唯一賺錢的來源，想脫貧致富實在太慢了，便想要做點什麼副業提高收入。經過認真考察，他決定開個砂石廠。一九九〇年代初，身為一個普通農民，創業是非常艱辛的。首要的困難，就是缺乏初始資金。很有眼界和經濟頭腦的繼父，選好創業的方向後，便想到去銀行貸款。

　　這樣的行為，在當時那個時代，簡直是太奇葩了。母親是個倔強的女人，她覺得讀書人選擇的事情，一定錯不了，便像當年支持我親生父親蓋房子一樣，堅決果斷地也支持了繼父的創業決定。

　　經過繼父的努力，半年後，他真的在銀行貸到一大筆錢。在一九九〇年代初期，這筆錢是所有農村人眼裡的天文數字。繼父要開砂石廠的消息，像一個爆炸性的新聞，在村

裡蔓延。周圍的鄰居們有的看好，有的等著看繼父的笑話。

因為我們和我親生奶奶、叔叔們住在同一個村莊，他們居然跑過來，指責繼父和母親頭腦有問題，向公家借那麼多錢，是不是不想好好活了。

繼父脣槍舌劍，母親也固執地與繼父為伍。任何阻礙都無法遏制繼父創業的動力。

我想，那時繼父只有一個念頭——賺更多錢，翻蓋新房子，養活我們和自己的老母親。富裕起來的日子，才有資格——或者說才有條件——能說服母親再生一個孩子。

繼父的砂石廠，在村民的議論紛紛中開業了。他像項羽一樣破釜沉舟，不允許自己有絲毫差池。在工作中，每一步，他都特別謹小慎微。

那時繼父的年齡已經五十出頭了，他把自己當成一個年富力強的年輕人使用，僱了幾個幫手，抬著新購置的機器設備，像一支壯烈的英雄隊伍，浩浩蕩蕩地在山上開始開採大理石，不分晝夜。

第一批大理石出廠了，品質非常好，而且，還順利地找到了買主，賺到了第一筆。但是欠款很多，母親和繼父依舊小心行事。然後，大理石出廠了第二批、第三批⋯⋯

那個時代，國家建設如雨後春筍，對大理石這種原物料的需求是供不應求。採購方不僅看到繼父工廠生產的大理石品質好，且了解到繼父為人很實在，所以，非常願意與他合

六十　砂石場

作。他的砂石廠的生意因此出奇地順利,錢也像長了翅膀一樣,源源不斷地飛進家中。

隨著生意的興隆,全家人的氣色都開始紅潤了起來。母親覺得,她苦盡甘來的好日子馬上就要到了!

但是⋯⋯

樸實勤勞的她和繼父都沒有意料到,一個陰謀、圈套在後面不遠的日子,虎視眈眈地等待著這個生活剛有點起色的小家!

六十一　還債

　　是的，在那個小小的農村，你太有能耐了，或賺了別人沒有的錢，就一定會有人眼紅、嫉妒和仇恨。

　　繼父的砂石廠在大半年的時間裡就賺了好多錢，很多心中不忿的人開始找碴。他們有寫檢舉信的，有去找相關單位的，還有直接到銀行找工作人員，恐嚇他們。受到這些外力因素影響，銀行和相關主管機關真的找繼父談話了，要他停止經營。

　　繼父的工廠雖然走入正軌，但只經營了半年多，雖說有收入，但本金還沒有賺回來。這時，要繼父停止經營和還錢，無異於「功虧一簣、前功盡棄」。迫於各方壓力，繼父還是將如火如荼的工廠抵押了出去。把賺得的錢，還有機器和開採的大理石料全部轉賣，才勉強還了銀行的貸款。但是，還差工人的薪資沒有著落。

　　母親把家裡所有值錢的東西都賣了，還差一些錢沒有還清。那段時間，家裡總是有幾個人或坐或站的，來找繼父和母親討要薪資。第一次創業，受到如此嚴重的創傷和打擊，一時沒有任何經濟來源還債的繼父，絕望得都想要自殺了。

　　他愧疚地對母親說：「妳帶著孩子，趕緊離開我這裡吧！現在，我負債累累，猜想日子是沒有辦法過了。妳趕緊找個好人家再嫁吧！」母親聽完後，除了哭，就是不停地搖頭，

六十一　還債

堅持不離開。她說：「到了今天這步田地，都是因為你想給我們更好的生活，可是世事無常，現在出了這樣的事情，我什麼都不怪，只怪自己的命不好。」

有了母親的理解，繼父跟討要薪資的人寫了字據，保證在最短的時間內還清。然後，他們就真的不來了。

剩下的日子，母親和繼父承包了幾十畝土地，養了一群小豬，農忙的時候就種地養豬，農閒的時候，兩個人就研究如何賺錢還債……

母親的性格裡有一種與生俱來的倔強。她對自己的選擇，彷彿從來都是無怨無悔的。

在一次又一次的打擊下，她還是一如既往的頑強。在她心中，她永遠認為天無絕人之路，日子無論遇到什麼，只要還有一口氣息，依舊要活下去的。

雖然欠了這麼多錢，偶爾會有人上門討債，但是，她確信，只要她和繼父拚命地賺錢，總有一天可以還清。她總是在內心為自己加油打氣——這塵世，沒有過不去的坎。

看到她和繼父每天不分晝夜地種地、賣糧食，賺錢還債，有些工人覺得他們太委屈、太冤枉了，很多人拿到一半薪水後，居然再也不來了。

就這樣，用了兩年的時間，母親和繼父將這些讓人絕望的欠款全部還清了。零債務的那天，繼父和母親兩人抱頭痛哭，釋放了壓抑在心中的委屈……

雖然他們承擔了這麼多，但在這期間，我和弟弟正常上學，除了知道家裡有人來要錢，其他幾乎沒有任何不適的生活感受。後奶奶像一頭老獅子，用盡她最後的力氣，奮發地活著，好像她的老骨頭，也能為這個家頂一些苦難一般。

六十二　賣青菜

　　債務還清了,母親看到繼父的身體也不如從前了,就不想再這麼辛苦地種地、養豬賺錢了。頭腦靈活的母親,建議繼父做一些小本生意。

　　在所有的小買賣中,母親選擇了賣青菜。繼父被傷了元氣,對於做生意,他一點精神都沒有。母親便大義凜然地說:「我去。」

　　雖然母親有小學畢業,但那時學過的寫字和算術都還給老師了,基本上提筆忘字,算數也不太行。

　　那段時間的晚餐後,母親像一個超級認真的小學生,繼父像個耐心的師長,在昏暗的燈光下,繼父教她打算盤、記帳單、算明細。大約只用了一個月的時間,母親就把學得都記得滾瓜爛熟了。

　　一個普通、平常的日子,母親買賣青菜的生意開張了。半夜,繼父去批發市場批發新鮮的青菜,天未亮,趕回來,然後由母親推著小推車,大街小巷去吆喝、販賣。

　　剛開始時,繼父非常擔心母親。後來,看到母親每天的帳目明晰,他也越來越放心了。母親待人熱情,她的故事,村裡的人都知道,有些人照顧她,也會主動購買一些青菜。漸漸地,母親買賣的本事越來越嫻熟。每逢過年過節時,她的青菜攤生意都會特別好,那時,心情好的母親,便會帶點

魚肉或水果,為全家人改善生活。

每次看到母親買肉或水果回來,像兩隻小餓貓的我和弟弟最開心了。

但是想要吃到它們,可不是那麼容易,需要花費一些腦力。母親跟著繼父學會了背「數青蛙」,她覺得對學數學特別有幫助,所以每次我們想吃這些好吃的東西,都需要按照母親的要求,背到一定數量的青蛙,才能吃到。

「一隻青蛙一張嘴,兩隻眼睛四條腿。兩隻青蛙兩張嘴,四隻眼睛八條腿。三隻青蛙三張嘴,六隻眼睛十二條腿。四隻青蛙四張嘴,八隻眼睛十六條腿……」弟弟比我聰明,每次他都能背得又快又準確。我算術不行,一背數青蛙時,就哭得跟個淚人似的。母親管教我們還是很狠心的,未達目標,沒有商量餘地。然後,看到弟弟先吃到好吃的,我的腦袋更是成了一團糨糊。

那時,我經常耍小脾氣,背不下來,便跟母親賭氣,不背也不吃,像個死屍一樣,直挺挺地躺在床上,默默流眼淚。對像我這樣的孩子,母親覺得實在無藥可救了,偶爾,偷偷地,趁弟弟不在,也留一點點給我這個較笨的孩子吃。

三歲看大,七歲看老。

弟弟從小聰明伶俐,長大了也是智商高、情商高。

我從小倔得像頭驢,除了心比天高,其他都不高。

生在農村的母親,有著農村婦女骨子裡的重男輕女。和

六十二　賣青菜

弟弟相比,我從讀書到為人處世,都不如弟弟機靈,所以,母親非常偏愛他。從我有記憶以來,無論做什麼,她總是說「妳是當姐姐的,要讓弟弟」。一聽這話,我就火冒三丈,本能地跟母親對抗。

六十三　蓋房

　　雖然母親重男輕女，但為了我們的成長，她跟繼父過日子還是竭盡全力。

　　兩年多的時光中，母親早出晚歸地拚命賣菜，繼父拚命承包土地、種植糧食，曾經陷入絕境的小家庭，又開始起死回生，有了熱氣騰騰的溫度。

　　因為賺錢還債，繼父生孩子的念頭，在那段時間按下了暫停鍵，沒有再和母親提起過。

　　隨著我和弟弟的長大，母親覺得一家五口擠在一間床上睡覺，不太合適了。那時，家中有兩間半的房間，一間全家人睡覺，一間放雜物。母親手中有了一些錢，心中就萌生了買地蓋房的念頭。

　　當時，我們住的院子和另外一家人共用，另外一家也是五口人，他們的孩子和我與弟弟差不多大。因為我和弟弟是後來加入的，雖然同住在一個院子，但是關係並不是很融洽，大人之間也是禮貌性地打招呼。我和弟弟幾乎不與他們一起玩耍。

　　覺得房子不夠用了，母親和他們商量，於是，他們把院子裡的兩間半房間賣給了母親。

　　馬上就可以擁有自己獨門獨院的房子了，母親拾回了很久沒有的幸福感，那段時光，她出門進門，臉上都帶著抑制

六十三　蓋房

不住的光彩。

「房子，無論何時，對一個女人來說，都是安全、保障的象徵。」娜娜喃喃地說。

「是的，無論什麼時候，房子都是非常重要的。我感受過租房的經歷，每次到交房租的時候，就特別不想把辛苦賺來的薪資交給房東。買日常生活用品的時候，也總是買普通的，心想，反正是租的房子，能用就行了。」我對房子的印象，也是一部辛酸史。

「每個女人都應該有自己的生活，而房子就是承載自我靈魂安寧的空間。」三十歲時，娜娜透過自己的努力，在城市裡買了屬於自己的房子，其中有一間臥室，她裝滿了布娃娃，沒有人知道為什麼，我知道……

那年，娜娜的父親出車禍了。娜娜隨媽媽趕到現場時，只看到父親靜靜躺在冰冷的地上，父親的鮮血像小河一樣流淌。

雨已經停了，但星星點點的雨滴，落在娜娜的臉上。娜娜母親看到丈夫的樣子，瞬間昏了過去，大家又七手八腳地搶救娜娜的母親。望著昏迷不醒的母親和躺在木板上被蓋了床單的父親，她一言不發。突然，她拉起嗚嗚哭泣的妹妹，往家裡跑。

到家後，她叫著妹妹的名字：「梅梅，快找錢，快找錢，去救爸爸和媽媽。」妹妹梅梅非常乖巧聽話，她們各自把衣

櫃裡所有藏起來的零用錢都翻了出來。它們堆在地上，像座小小的山，所有硬幣裝滿了口袋。接著，衣袋裝滿硬幣的娜娜拉著妹妹，抱著最珍愛的小豬存錢筒，跑出來找爸爸和媽媽……

六十四　光棍

　　姐妹倆跟著鄰居家的爺爺來到醫院時，正巧碰上醫生問：「誰是家屬？先繳一下費用。」
　　爺爺一愣，問了一聲：「要繳多少？」
　　「八千。」醫生冷冰冰的回答，嚇了爺爺一跳。
　　那時農村人都窮，幾百元都是鉅款。
　　爺爺用可憐無助的眼神看著娜娜和梅梅⋯⋯
　　「我們有錢，我們有錢，快點，救救我們的爸爸和媽媽⋯⋯」娜娜和梅梅像兩隻受了驚嚇的小兔子般戰慄著說。而後，急迫地掏出口袋裡的所有硬幣。她們的手太小了，掉出來的硬幣在醫院的地上跳舞，叮叮噹噹。
　　妹妹梅梅急壞了，追趕著散落在各處的硬幣。看到妹妹梅梅的身影，娜娜「撲通」一聲，向醫生和爺爺下了跪，啞了的嗓子什麼話也說不出來⋯⋯
　　在那天，娜娜的父親永遠離開了她們母女三人。受打擊的母親，在醫院的病床上躺了兩個多小時後，自己醒了過來，她的第一反應就是堅持不在醫院看病。她拖著虛弱的身體，跟跟蹌蹌地領著兩個女兒回到家中。鄉親們幫忙把娜娜的父親火化，並且簡單舉辦了一個葬禮。
　　那段時間，娜娜和梅梅照顧母親。母親無聲地躺在床上，飲食不進。鄰居大嫂輪流勸她，也沒有什麼好轉。

有一天，娜娜做飯時，不小心把油鍋碰倒了，滾燙的油灑在旁邊幫忙的妹妹梅梅腿上，聽到小女兒殺豬般的嚎叫，娜娜母親一下子跳了起來。雖然無力，但是她全程奔跑著，帶小女兒去醫院治病。雖然梅梅的燙傷被治好了，但是，在她的小腿上還是留下了難看的疤痕。從那天開始，娜娜母親再也不在床上躺著了，她的臉上蒼白無色，但是，本能的母愛，還是讓她恢復正常，照顧著兩個女兒的生活。

農村裡，寡婦門前是非多。

自從娜娜母親成了一個人，周圍有幾個光棍經常半夜跳進娜娜家的院子，敲門、敲窗戶，嚇得三人都不敢睡覺。

有一陣子，有個老光棍不僅夜裡騷擾娜娜母親，大白天也會光明正大地對娜娜母親獻殷勤。他骨瘦如柴，兩隻手像兩個雞爪子，兩隻眼睛像兩個大燈泡向外冒著，滿口大黃牙，一說話，除了菸氣、酒氣，還有口臭氣。他天天死皮賴臉纏著娜娜媽媽，發誓地說，不嫌棄她有兩個女兒，願意和她成為一家人，替她把兩個孩子養大。娜娜媽媽看見他就噁心，最後，求救公公、婆婆，才總算把這個老光棍給打發走了。

娜娜爸爸走了一年多，公公、婆婆年歲大了。明事理的他們，也主動勸娜娜媽媽再走一步。兩個女兒，他們留一個，一個給娜娜媽媽帶走。

那時，娜娜大了，妹妹梅梅小，奶奶、爺爺就嚇唬她，

六十四　光棍

說跟著媽媽改嫁會天天挨打，沒有吃穿，跟爺爺、奶奶過，天天買糖吃。最後，妹妹就真的留了下來，跟著爺爺、奶奶生活。兩個老人養育孩子，他們僅僅供養梅梅到國中一年級，就先後離開了人世。在兩個老人彌留之際，還幫梅梅匆忙找了一個男人，算是對陰間的兒子有了一個交代。

娜娜母親不堪光棍們的騷擾，終於也改嫁了。她嫁給一個身材矮小的工人，他腿不太好，但是有讀過書。娜娜母親走的前一天，要分開的小姐妹哭得嗓子都說不出話來。周圍的鄰居看見，也都被感動，跟著抹眼淚。

人生的成長，在不同的生活環境中，遇到不同的教育者，就有不同的結果。

娜娜跟著母親和繼父生活，最後考上了大學，留在城市工作。梅梅國中還未畢業，就早早地生兒育女，過最底層的農村婦女的生活。直到今天，梅梅已經生了三個女孩，但是，農村的丈夫還是想生兒子。無法生出兒子的女人，在家裡是沒有地位的，甚至連話語權都沒有。她學識程度不高，三個女孩子也彷彿在重複媽媽的生活道路，混沌地活著。

偶爾，形象、氣質已完全是個都市人的娜娜，會到妹妹嫁人的村子裡看望妹妹一家。姐妹身處兩個世界，梅梅自知失落，她從來不熱情接待姐姐娜娜。小時候的姐妹情，在母親還在的時候，還有點餘溫。自從娜娜母親去世，梅梅家的大門再也沒有讓姐姐踏進一步過。

那份世間再無親人的孤獨感,那份親人是陌路的失落感,讓心靈脆弱的娜娜買回了一個又一個布娃娃。它們,既像妹妹,也像姐姐,在房間裡以一種固定的姿勢陪伴彼此。

六十五　柿子

　　坐在堤壩上，微風吹過，特別安適。娜娜像小時候上學一樣，小鳥依人地將頭倚靠在我的肩膀上。四十幾歲的我們，坐在似曾相識的河邊，兩隻輕盈的腳丫子脫掉高跟鞋，宛若找到了兒時的清爽快樂，它們無憂無慮地在河邊的石頭上晃呀、搖哇……

　　終於要有屬於自己的獨門獨院了，我母親猶如找到生活的新曙光。拿到完整院子的鑰匙時，全家人都非常高興，後奶奶看著失而復得的老院子，也是老淚縱橫，激動間，竟然一下子暈厥了過去。沒撐幾天，就像了卻生前萬般心事一樣，後奶奶安詳地離開了這個世界。

　　臨終前迴光返照，後奶奶特地把母親叫到身邊，用盡生命的最後力氣，告訴她：「孩子，日子一定會變好的。慢慢過，妳好好地守著孩子和這個家，總有一天，妳會享很大很大的福。」兩個曾經相互支持的女人，在這天人永別之時，深深的眷戀與不捨。流著淚的母親反覆點頭，對她說：「您的話，我相信！您放心，有我在，這個家散不了！」

　　後奶奶離世前的那些話，似在母親悽苦的心中裝進了一枚定海神針，支撐著她度過未來的每個劫難。

　　「在那次經歷親人的離別中，我沒有什麼痛苦的印象。唯一深刻記住的，帶紅點的大白饅頭，是代表有人離世了才會

做的麵食。」晃動的影子裡,我咂了咂嘴巴。

沉浸在童年記憶裡的我們,想起了無數吃嘴的往事。

「說到吃的,我怎麼有點餓了!」我撒嬌地說。

「前面有餐廳,要不要去嘗嘗?」娜娜手一指。

「那就走吧!」

我拉她起來。她順勢往我身上一靠,像一個耍賴的小孩子。

「乖,吃飯去。我請客。」

「太好了。」

娜娜一骨碌爬了起來,拿著車鑰匙向駕駛位置走去。

坐在餐桌前,我們點了小時候常吃的菜,外加一大份鐵鍋燉魚,熱氣騰騰的桌子,馬上讓我們的心情又豁達了許多。

「麗麗,好像有半年,我都沒有去看老媽了。」

「妳還真知道,我媽前幾天還打電話來問妳終身大事,怕妳感覺被催婚,我都不敢跟妳說。」

「等吃完飯,記得到超市停下,我要多幫老媽買好吃的營養品補補。她老人家的故事,夠寫一本書了。」

「兩本!」

家鄉熟悉的味道一進嘴裡,我和娜娜的精神越來越高漲,像兩個忘性大的小屁孩,把不高興、不開心都扔在每條走過的彎彎曲曲的道路上。

六十五　柿子

吃飽喝足後，出了餐廳門，馬路旁，有個賣柿子的爺爺。

「多少錢哪？」

異口同聲詢價後，我們買了足足有十斤。因為我和娜娜都知道，老媽喜歡這口味，而且不貴，還能哄老太太開心，多好！

其實，我知道，是母親怕我們亂花錢，每次就都說喜歡最簡單、最容易買到的東西。

想到老母親看到我們回來的樣子：滿臉都是快活的神采，張羅著拿東拿西。那一刻，除了母女之情的美妙，生命也別無他求了。

六十六　時代

　　娜娜的父親、母親、繼父，幾年間相繼離開了這個世界。

　　在這個世界上，她只有唯一的親人──妹妹梅梅。空閒的時間，她會約我，去拜望我的母親，而且見了面，比我和母親都還親暱，總是撒著嬌喊母親「娘～」。

　　我們說好了，我負責叫「媽」，她負責叫「娘」。白撿一個這麼好的大閨女，母親自然是樂得合不攏嘴，對娜娜也像對親閨女一樣照顧、關心。偶爾打電話給我，也是旁敲側擊地問娜娜的婚姻大事。

　　娜娜當著母親的面，會用她嗲嗲的聲音，黏在母親旁邊，說：「我當您的女兒多好，為什麼非要把我嫁出去！」

　　母親心裡有分寸，並不會過度勸阻，每次都喜上眉梢地說：「有這個女兒，真快活。」

　　雖然母親自己的婚姻經歷多次波折，但她骨子裡依舊固執地認為，女人還是得找個男人，生個孩子，才是身為一個女人應該有的生活正道。

　　在路邊，我們為母親買的十斤大柿子，紅澄澄的，看起來像一個個羞紅的小娃娃臉。看著它們，我和娜娜互相看了幾眼，最後娜娜又冒出來一句話：「麗麗，陪我先看看我的母親、繼父的墳，再回村子裡吧？」

「好。」

車子向西山腳下行駛,車裡車外都很安靜。

看著娜娜的側影,我假裝不以為意地問她:「妳能跟我說說,妳和他,到底是因為什麼原因分手的嗎?」

娜娜一愣,猶豫了片刻,拿起自己的手機說:「現在是一個最好的時代,也是一個最壞的時代。」

「怎麼說?」

「我們在一起十年了,說好的,不結婚、不生小孩,做永遠最愛的愛人。我那麼相信他,我也覺得他很相信我、很愛我。有一次,我們一起看了一個電影,看到相戀的人之間互換手機之後,每個人的表現橋段。突然間,我的第六感,讓我看到了他的不自然。回到家裡,我堅持要互換手機。他便表現出焦躁的情緒,然後,我就認定,我們之間完了,出現問題了!一查,果然,從這一年的春節開始,元宵節、情人節、清明節、五一勞動節、七夕、九九重陽節、國慶日⋯⋯他連續發訊息給一個叫『吳原』的女人。我問他這是什麼意思?他支支吾吾地什麼也說不出來,沒有認錯,沒有承認,也沒有不承認,就在那裡沉默⋯⋯」

一提到這裡,娜娜已經平息的憤怒,立刻又爆發了出來。

幸虧我提前從她男友余威那裡知道了故事的前因後果,否則,一定會和娜娜一起找他算帳。這個被蒙在鼓裡的女

人，一提到背叛她的男友，情緒就會瞬間失控。余威的囑託就存在我的手機裡，我強忍著，期待等娜娜心情平穩後，再給她看。

「還是以前的年代好，交通、通訊都不發達，錢也不多，一生只能愛一個人，各種壓力也小……」娜娜的怒氣還在。

「要是單指這一點，我也認同。」我不爭辯。

路邊，車後方，居然來了一隊迎親的禮車，魚貫而行，超越了我們。幾乎同步，一隊送葬的車隊也迎面而來。就像是電影裡的情節，一紅一白。突然，禮車裡有一方紅色的手帕掉在我們的車窗上，娜娜緊急地打雙黃燈，靠邊停車，把紅色的手帕摘了下來，刺眼的喜字被下午的陽光照得血紅。望向漸漸遠去的兩隊車流，娜娜怨憤的情緒平復了一些，傷心也被暫時排除得所剩不多。

是啊！追求愛情。對女人來說，最高的期待，無非就是比翼雙飛、白頭到老。但這是人生最高的愛的境界，能得此福報的人，實在太少太少。

回到車上，我陪娜娜大口大口地喝礦泉水，然後，打開天窗，衝動中又自我克制著，憋得十分難受。我就站在車椅上，露出半個身子，向遠方高聲長吼。我知道，我的吼叫聲，一定傳到了不遠處那個熟悉又陌生的村莊……

六十七　院子

　　後奶奶的喪事辦完後，母親傷心的時間並不長。一是因為她盡心盡力照顧了後奶奶，問心無愧；二是因為她有了一個屬於自己的大院子。

　　她跟要好的鄰居們，找了好多花種子和菜苗，沿著房前屋後和院子的空地，忙碌地栽種。母親的夢想是要讓院子變成一個花圃和菜園。繼父幫忙她，還在院子中間搭了一個涼棚，種了許多絲瓜、豆莢、南瓜苗。

　　沒過多少時間，院子裡滿是欣欣向榮的景象。那段時間，我經常看到母親蹲在菜園裡，邊工作邊哼唱歌曲。母親高興，全家人自然也都高興。

　　但是，生活不會永遠是一條直線，它像翻滾的波浪，像曲折的河岸，像高低起伏的山坡，在瑣碎裡時而緩慢、時而快速地前行。

　　雖然我們這個家庭擁有完整的院子，表面上，不再感覺低人一等。可是，有些鄰居和他們的孩子，仍舊欺負我和弟弟。

　　那時我已經十一歲了，弟弟八歲。有一天，我們與附近的小孩子一起玩耍時，有個小朋友在遊戲中失敗了，然後他就哭著跑回家告訴他媽媽，結果他媽二話不說，跑出門，當著所有小朋友的面，踢我們的身體，末了，還打了我和弟弟

幾個耳光！

　　幾個巴掌打完了，我和弟弟立刻流了鼻血，因為是成年人打的，又氣又怕的我們，哭喊著跑回家。母親看見我和弟弟滿臉都是血，而且臉還很腫，非常著急，問我和弟弟是誰打的之後，她拿著鐵鏟子獨自一個人跑出去。

　　孩子之間的戰爭，引起了成人之間的戰爭。

　　出門後，護子心切的母親舉著鐵鏟子，找到那個孩子媽媽的後背，就拍打下去了，真的是差一點就打到了那個女人。我和弟弟就站在旁邊。母親的舉動，把我和弟弟都嚇傻了。然後，她們就打了起來。母親力氣大，加上十分憤怒，把那個孩子的母親打得一直「求饒」。事情的最後是以那個孩子的母親向我母親道歉後，才算了結。

　　「老媽媽真是一個脾氣火爆和個性有點倔強的女人，不過，我喜歡。」娜娜破涕為笑。

　　「是啊！所以從此以後，無論在外吃了多少苦，我和弟弟都再也不會告訴母親了。但是，當所有的痛苦、悲傷都由一個人扛時，我會非常怨恨。為什麼？為什麼我是這樣的生活狀態？生活彷彿除了自己，誰都無法依靠，有無數的壓抑感，有時真的很強烈。痛苦不已時，我就想跳河、跳樓或讓我趕快得絕症，死了吧！但是，我不得不向天性屈服，自信樂觀的基因，讓我每一天睜開眼睛後，都會覺得生命還滿美好的，每一天都是嶄新的……死，太可惜了，我還有許多事

六十七　院子

沒有做過⋯⋯」

　　此刻，我心釋然。聽母親說，那個打我和弟弟的女人，好幾年前就死了。她的孩子也成為一個植物人。人生在世，有些事，真的不好評說。

　　人啊！只要認真地活著，有一天，你的故事內容就會變換！

六十八　爐灰

　　雖然這件事母親贏了,可是母親回到家裡就開始自責,覺得自己沒有保護好我們,本來她自己受點苦沒什麼,可是不能讓我和弟弟繼續吃苦了。於是母親開始更加關注我和弟弟,把她所有的希望都放在我們身上,希望我們可以有出息,希望我們能爭氣、好勝。

　　受欺負的孩子,太早明白人生的悲涼,有時會更努力,有時也會更頹廢。我和弟弟還算盡力讀書的孩子,但沒有太多為母親和繼父爭氣的意思,只希望成績不要太差,不要受到更多人的白眼和鄙視。長期的屈辱,一顆自卑的種子在我的心中生根發芽,每天在學校與家中,我渴望著成長,渴望著離開。

　　親生父親的家和繼父的家在同一個村裡,一個住西頭,一個住東頭。雖然兩家離得很遠,但依舊阻擋不了我放學後跑到親奶奶那裡。

　　奶奶時常跟我說:「可憐的孩子,從小就沒有爸爸,那個不是妳爸,以後,妳少叫他!」我那時對這些事情似懂非懂。聽多了,就會跑回家,問母親一些往事。

　　母親知道親奶奶跟我亂說,她就嚴肅地對我說,不要跟繼父說,也別讓他聽見。但是,有一天,我們的談話還是被繼父聽到了,他看看我們,什麼也沒有說。從表情上看,我

知道，其實繼父心裡很不是滋味。

「我媽帶我改嫁那天，奶奶用一個盆子，裝了幾把爐灰，當我和媽媽走出奶奶的家門時，我聽到後面『噗』的一聲，奶奶把髒水倒在我們的身後，濺起地上的泥點，灑了我和媽媽一身。但是，媽媽沒有回頭。我不明白為什麼，回頭看了奶奶一眼，奶奶站在院子的門口，目光寒冷。」娜娜身體不由得打了個冷顫，彷彿那一天的髒水和奶奶惡狠狠的眼神，還在她的背後。

「跟媽媽來到繼父家，媽媽要我叫他『爸』，我緊閉著嘴巴，一句話都沒有說。後來又過幾天，媽媽突然又跟我商量改姓的事。這就是一個導火線，我那時非常憎恨媽媽和繼父，覺得他們在設計一場陰謀。我不明白，媽媽為什麼這麼快就不愛我爸了。當初他們那麼恩愛，只是兩、三年的時間，她就要求我改姓，我對媽媽的任何話都極其叛逆……」娜娜捂著臉，她想她的媽媽了。

「是的，媽媽，今天，我都明白和理解了。孩子一定需要長大後，才能站在別人的角度去理解別人。大學畢業後，我就沒有和媽媽、繼父要過一分錢。進入社會，我才開始慢慢明白人生和世界，也開始越來越理解母親和繼父。繼父去世的那年春節，我人生第一次做菜、煮飯給他們吃，而且，倒了三杯酒，鄭重地說：『爸，媽，您們新年快樂。』那一刻，我看到了他們晶瑩的淚花，然後，我媽、我爸拚命夾菜給

我⋯⋯」說到這時，娜娜眼中閃爍著幸福的光芒。

「是的，人與人之間，就是你對我好，我會對你更好，加倍加倍的愛就撲過來了。」

六十九　過繼

　　童年的時光，說快也快，說慢也慢。
　　記得我上小學五年級的時候，一天，繼父回來，把我和弟弟、母親都叫到一起，鄭重地說了一件事情。
　　「我今天進城，遇到了一個人。」繼父神情局促。
　　「誰？」母親盯著他的臉，追問。
　　「我上學時，一個關係還不錯的女同學。」繼父坦誠地說。母親的臉色有點不太自然，沒出聲，繼續等繼父開口。
　　「別亂想，我們都快三十年沒有見過面了。她跟我說，她結婚很多年了，但因為身體的原因，一直無法生育孩子。今天見面時，知道我有兩個孩子，就跟我說希望我們能過繼一個給她。她保證，一定會好好地照顧這個孩子，且讓孩子有出息。他們家是鐵飯碗……」沒有等繼父說完，我就看到了沉著臉色的母親。繼父趕緊解釋：「我沒有同意，只是問問妳和孩子們的意見。」
　　母親面色越來越難看，但還沒等她開口，我一下子從椅子上站了起來，舉著手，迫不及待地說：「我去，我願意。」
　　「啪！」猝不及防，母親狠狠地給了我一個巴掌，怒罵道：「就是餓死妳，我也不同意！」
　　那天，捂著通紅的臉龐，我的內心竟然十分怨恨母親。這種又窮又受氣的日子，小小的我受夠了，為什麼不把我送

走呢?我討厭在這裡生活。

我和母親的眼神對峙了很久,終於,還是母親打破了僵局。她猛然間成為一匹受驚嚇的母馬,坐在地上,重重地拍打著地面,眼淚和鼻涕同時狂瀉出來,嘴裡嘟囔著:「我沒有本事呀!我沒有本事呀!我教育不了妳,我養活不了妳了,早知道,當初生完,就應該把妳丟進河裡,妳這個忘恩負義的人,讓我受了這麼多苦、受這麼多罪,我圖什麼呀?我圖什麼呀……」

我震驚了。第一次看到母親像個妖婆,又哭又唱,我不敢明著跟她唱反調。但是,在心裡,我那時想說,我也沒有求著妳把我生下來呀!看到母親的樣子,到嘴邊的話,還是嚥了回去。

繼父沒有太多表態,有點著急地對我說:「還不趕快把妳媽從地上拉起來,賠個不是!」

個子跟母親幾乎一樣高的我,不情願地拉著母親,嘴裡第一次求她:「媽,我不去了還不行嗎?哎呀!趕快起來吧!」

聽到我婉轉的語氣,母親立刻收住了哭聲和眼淚,自己從地上爬了起來,認真地對我說:「說話算話!」

「算話!」

就這樣,一場母女分離大戰,在母親的哭鬧中,結束了。

六十九　過繼

　　在世界上,孩子與父母,就是一場越走越遠的行程。隨著年紀的增長,我的心一點點向外飛、向外飛。那時的我,每天只期待著早點走遠。

　　今天,我知道了,無論走到哪裡,只要不能及時調整好自己的心態,永遠會有不開心的日子。生活就是由五味雜陳組成的每一天,永遠存在,生生不息……

七十　身孕

聽完這段故事,娜娜沉默了很久。然後,她輕輕地咳嗽了一下,有點啞聲地說:

「我媽媽從來沒有打過我,無論我犯多大的錯,多麼淘氣,她打人的手都會抬得高高的,但是,最終都不會把它落在我的身上。那時候,看到別的小朋友犯錯,被父母狠狠地教訓,我有時還很羨慕。從跟著媽媽改嫁那天開始,我在心裡莫名地和媽媽有了一種疏遠感。我媽媽,她也能感受到我的變化,便總是小心翼翼地照顧我的情緒,對我十分關心,不敢說太重的話、有太嚴的管教。今天想來,我媽媽總是心懷愧疚,對我的親生父親,對我的妹妹,對我的爺爺、奶奶,她覺得是自己犯了錯。帶著一種負擔和包袱,她活得並不是特別開心。但是沒有辦法,今天我理解了,一個女人就是需要男人的,一個孩子的全面成長,也是需要父親角色的……媽媽,她在多少個日子裡強顏歡笑,但是內心極度壓抑。所以,她才會那麼年輕就離開這個世界,離開我們……」

「都說這是女人可以獨立的時代,但我們的母親,在那個時代,身為一個女人,她們缺失男人是無法正常生活下去的。所以,無論為了什麼,她們都選擇向前走一步。那向前跨的一步,又有多少人能體諒她們?她們的身體和心靈上背

七十　身孕

負了多少不安……」拍拍娜娜的後背，我的話也像安慰自己。

娜娜流著眼淚，點著頭，淚滴和鼻涕濺到了車窗上。

「妳看，我們這個形象，要是嫁人，還有人要嗎？」我一邊用衛生紙擦拭，一邊逗娜娜。我的樣子讓娜娜破涕為笑。

時間再次回到我上小學六年級……

生活有所好轉。我們也相繼長大了。我繼父想生自己孩子的想法再次提上議程。

本來一開始，母親和繼父，他們兩個人已經說好了，不再生孩子了。可是，又出了一件事，讓繼父隱忍的心再次痛不欲生……

一天，繼父騎腳踏車出門買東西。他的年歲的確有點大了，體力和手腳都不如從前輕巧，下車時，腳尖不小心碰到一個小孩子的身體。讓繼父萬萬沒有想到的是，孩子的奶奶突然破口大罵：「你這個老絕戶，你安的是什麼心？想踩死我孫子吶……」突然聽到罵聲，繼父嚇到了。那時，他什麼也沒有說，像一個孤獨的鬼影，滿面羞愧地離開了，連出門要做什麼，他也忘了。回到家裡，他反覆喃喃地對母親說：「我要生個孩子，我一定要生個孩子……」正在院子裡洗衣服的母親有點錯愕，不知道繼父又是哪根神經出錯了。

這件事情之後，繼父想要生個孩子的念頭非常決絕。每個靜謐的深夜、清晨，睡夢中，迷迷糊糊的我，都能再次隱約聽到母親和繼父的爭論。

母親壓低嗓子，大多數時都會對繼父這樣說：「兩個孩子在上學，家裡負擔實在太大了，我要是生孩子，耽誤一個勞動力，我們日子要怎麼過？再等幾年，等孩子們長大了，就沒有人會看我們的笑話⋯⋯」

繼父求子心切，母親的任何話，他一點也不動心。為了讓母親同意生孩子，他開始不工作，也不吃飯，每天呆呆的、痴痴的，毫無表情地癱躺在床上，一副以死相逼的架勢。

眼看著剛剛好轉的日子，又彷彿因為生與不生的問題，重新走回最艱苦的歲月。在母親的生活信條中，天無絕人之路，既然生活逼到這個牆角，她也就妥協了。

身體還算不錯的母親，很快有了身孕。

七十一　暴雨

　　母親懷胎已足月。那個夏天,從母親肚子痛去醫院,到繼父一個人回到家看我們,暴雨下了兩天一夜,還沒有停歇,我和弟弟如同兩隻落湯的小雞,掙扎在岌岌可危的老屋。
　　我記得……
　　暴雨下到第二天清晨時,院子裡的雨水開始像小溪,順著門縫,滲進屋裡的地面。下午放學回來的路上,村莊的道路已積滿了水。進院子,費力地推開房門後,我和弟弟都嚇歪了。滿地的雨水如漲潮的小河,波浪翻滾。外面的雨水還在源源不斷地匯集進來,它們像一條條吐著長舌頭的毒蛇,盤旋著、竄進昏黑的屋裡。屋中,漂浮著各種生活用品,像不幸的小破船,在雨水中四處顛沛流離。
　　雙腿浸在雨水中,我和弟弟有點害怕,但依舊拉著手向床邊走去。爬到床上時,雨水已經到床沿的一半,房間和我們的耳朵邊,充滿了雨水和雷電的嘈雜聲。飢腸轆轆的我和弟弟,邊啃著床桌上的番薯乾,邊望向屋外和屋內的雨水,渾身瑟瑟發抖。驀地,上小學三年級的弟弟問我:「姐,我們這個房子不會塌了吧?」
　　從來沒有什麼危險意識的我,聽到弟弟的話,突然打了一個冷顫。是啊!雨一直這麼下,這個老房子真的有可能塌了。如果真是那樣,我和弟弟,還有全部的家具、被褥,都

會砸在這裡，成為一灘爛泥巴。想到這些，準備寫作業的我，立即從床上跳進地下冰涼的雨水裡，那一刻，我覺得自己彷彿成了一個女英雄，這個家的棟梁。我要與弟弟並肩作戰，打一場與暴風驟雨的硬仗，而且，必須戰勝。

雨水流進房間的速度越來越湍急，水位已經淹沒我的小腿肚。房屋裡所有的漂浮物都像與我玩捉迷藏，它們上竄下跳。而我，像一個新出海的水手，在浩浩蕩蕩的水中逮捕它們。終於，我抓住了一個大臉盆和一個小鋁盆，然後，對弟弟命令道：「不寫作業了，快，往屋外淘水。」

弟弟非常乖順，從床沿溜到我身邊。這時，水已經到了他的膝蓋，混著泥水和煤灰等雜物，讓家裡沒有大人在的我們，打從內心感到恐懼。他用冰涼的小手拉著我的後背衣襟，跟在我的身後，一大盆、一小盆，兩個孩子忙碌地向屋外淘水、倒水。

突然，模糊的雨水裡，我看到了一雙腿。再往上看，呀！是繼父的身影。他艱難地推著腳踏車，向我們走來，頭上披了一個破洞的塑膠袋，但衣服已全部溼透，貼在他的身上，他的臉色慘白嚇人，渾身透著疲憊。但是，繼父的出現，依舊給了我和弟弟無限的興奮。忘記一切恐慌，我們大聲地叫著他：「爸爸！回來了！爸爸！回來了！」

透過雨簾一樣的水線，他也看到了我和弟弟彎著身子淘水的情景。遲疑幾秒之後，他大步地走向我們。他走近的身

七十一　暴雨

影,像我心中的一座靠山,我懸著的心落回了肚子裡。

繼父走近,我看到了他發紅的眼睛,淚水在雨水的掩護下肆意流淌。霎時,我的心酸也隨雨水一樣湧出。在接近他時,我能強烈地感受到他身體的抖動。

走進屋後,他手腳敏捷地把地上所有的東西都撿拾到櫃子上,拿了幾塊木板,把進水的房門擋了起來,然後,和我們一起,用大盆子把房間裡的水都淘乾。

老天爺很奇怪,當我們把房間的水幾乎淘乾時,下了兩天一夜的暴雨也停了。忙完這些,繼父什麼也沒有說,只告訴我們,他準備繼續連夜趕回醫院照顧生孩子的母親。看到我和弟弟哀憐的眼神,他有點左右為難。正在這時,踮著小腳的外婆,掛了一個布包裹,走了進來。繼父和外婆幾乎同齡,所以他從來不叫外婆為「媽」,只以「孩子他外婆」或者「您」代替。

「我都知道了,你回去照顧他們媽媽吧!孩子,我替你們照顧。」外婆沒等繼父開口,先說了這些。繼父什麼也沒有說,尷尬地點頭表示感謝,轉身時,我看到了他用手背抹眼睛和鼻子。

繼父騎著那輛破舊的腳踏車,搖搖晃晃地離開了。

外婆把布包放在床桌上一層層打開,肉包子還有點溫熱,我和弟弟像兩隻小餓狼,用力啃咬著它們。外婆一手摸摸我的頭,一手摸摸弟弟的頭,自言自語道:「是兩個好孩子……」

七十二　死嬰

　　幾年之後，我才知道，繼父在那一天遭受著怎樣常人難以忍受的煎熬和痛楚。

　　那天清晨，四十歲高齡的母親在醫院生孩子，由於手術出現事故，造成她再一次大出血，而且，那個孩子在她的腹中就已經停止了呼吸。這個世界很殘酷，他連見識一下母體之外光亮的機會都沒有，就永遠地離開了。在他死掉的幾天之後，我才知道，曾經有一個跳動的小生命，他是我同母異父的弟弟，像一滴烈日下的水，還沒有滴落，就瞬間蒸發了。

　　走出手術室的護士，還做了一個讓人不寒而慄的舉動。她把那個死嬰用一個小棉被包裹好，交給了繼父，而且交代繼父，要他把孩子的屍首處理掉。這個護士永遠不知道，把這個死嬰，放在繼父的手上，對一個極其渴望孩子的中老年男人來說，意味著什麼樣的打擊，會帶給他多大的悲傷。這僅是一個壞消息，還有一個更讓人接近崩潰的壞消息。繼父被告知我母親因為大出血隨時可能有生命危險，要他做好心理準備。守在醫院的舅舅、舅媽，聽到醫生的這番話後，直接就在病房外的走廊裡，和繼父跳著腳、吵罵了起來。

　　「如果我妹沒有事，我們還能就這樣算了，如果我妹因為要為你生孩子死了，我告訴你，你也別想好好活……」尖銳

的叫罵聲環繞在那個沒有任何機會睜開眼睛看這個世界的男嬰，和沒有一句還口的繼父身邊。

繼父獨自一個人靜默地流著淚，內心有一千個疙瘩和一萬個疼痛折磨著他。他用僅有的一件雨衣，包裹著那個孩子，不敢太緊，也不敢太鬆。太緊，怕孩子無法呼吸；太鬆，怕孩子淋雨生病。他就那樣，兩隻手抱著這個日思夜想的小傢伙，像抱著自己的身體，向醫院的後山走去，親手將他埋葬。

經歷了各種人間大風大浪的繼父，他支撐一切摧殘，一個人真的做到了。我無法想像，他雙手交替在雨水中，為自己的親骨肉挖安睡的家時，內心是怎樣的悽愴。他應該是不敢看的，那個屬於他的孩子，寄託著他希望的孩子啊！在他的懷中睡了，然後，在他親手挖的坑裡永遠地睡了……

繼父用雙手刨出來的那個小坑，雖然有樹木擋雨，但還是抑制不住地灌滿了水。那注滿水的坑，一定也讓繼父想起了遠方的我和弟弟。於是，他忍痛把那個連名字都沒有來得及取的孩子，連同雨衣一起埋藏在了那裡，再然後，快速地騎著腳踏車回到家裡，看我和弟弟，也看看老房子。那一路上，他是如何仰天大笑或者痛哭流涕，只有他自己知道。繼父進門的那一刻，他看到懂事的我們，像兩個小大人正在從屋裡向屋外淘水，他是百感交集的。這一天，他彷彿嘗遍世間百味，感受了世間冷暖。他覺得，老天爺就是在考驗他，

多年沒有下過的大暴雨,似乎就是這種檢驗的證明。

十天以後,我的母親回來了。我想,母親是不忍心丟掉我們的,她的體內有著與生俱來的一種堅強,我認為,那就是老天爺賦予的頑強生命力,讓她再一次從閻羅王那裡奪回自己的生命。躺在床上的母親,雖然虛弱、臉色發白,但好歹,我們的母親還在人間,我們是有媽的孩子。

大暴雨後,溼了半截的房子裡,到處都充滿霉氣。如果不及時將房子翻修,隨時都有倒塌、砸死人的危險。忘掉喪子之痛,母親和繼父商量了一番後,他們厚著臉皮,一家親戚一家親戚地去借錢蓋房子。雖然每天為蓋房子忙碌,但繼父整個精氣神都像丟了一樣,總是偷偷擦眼淚。每頓晚餐,他也一定用一瓶劣質的酒,把自己灌醉。

看到母親和繼父的不易,很多遠房親戚們還是很給面子,把錢借給了他們。花了一個月,母親和繼父借夠了蓋房子的錢。拿著借來的錢,對著月光,母親坐在床上對意志消沉的繼父說:「等房子蓋好了,我養養身體,一定再為你生一個。」聽到這樣的承諾,繼父萎靡的眼神煥發出一些希望,他不再偷偷哭泣,身為一家之主,開始與母親忙前忙後地翻修房子。

七十三　青蛇

「那時,我還小,真沒有關注到,妳家居然發生了這麼多的大事。」娜娜淚水漣漣。

「一個人什麼時候算成功?我覺得,就是遇到這樣或那樣失敗的時候,沒有被那些磨難嚇倒、打倒,最後戰勝了它,且自己也滿血復活,那才叫成功。」說這些話時,我有一點衝動,想把娜娜男友余威的病情告訴她。

沉浸在故事中的娜娜,沒有關注到我的情緒,而是不斷地追問道:「後來呢?」

後來,繼父振作了起來,經過了大半年的時間,他們把老房子拆了,翻蓋了新的房子。

老房子在拆到頂梁的時候,突然冒出一條大青蛇,把正在工作的師傅們嚇了一大跳。在農村,拆老房子有蛇很常見,但是這麼粗的蛇很少見。那條蛇見到人,一點也不害怕,牠吐著紅紅的蛇信,盤旋著一半的身體,抬頭望著四周圍觀的人群。

正在忙著為大家做飯的母親聽說了,拿著一根棍子就跑了過來,對著周圍的鄰居和工人說:「沒事,沒事,這是為我看家護院的青蛇。」然後,母親像個巫婆,用棍子點引著蛇走出家門的路,也像對跟自己相處多年的親人一樣閒聊說:「青蛇呀青蛇!我的孩子,我們要蓋新房子了,現在不能留你

了，你去後山上住吧！以後有時間了，我一定去看你。你還是幫我看家護院的好蛇，好孩子。」那條青蛇像聽懂似的，真的蠕動著身體，離開了那個房梁，順著巷道快速滑走了。

看到母親的這個舉動，有一個老師傅對旁邊的人說：「這個蛇不一般，我猜想這個家要出個能人哩！」

「人獸相通，與人善良，一定會有其他事物補償妳的。妳們家也一定會出個大人物。」娜娜把眼睛睜得圓圓地說。

「我盼望著！」順勢，我拍了一下娜娜的手臂。

「妳像那條青蛇，真的，妳應該就是那條青蛇。」娜娜逗我。我沒有理她，繼續講我的故事。

家裡的新房子終於蓋好了。繼父心中那個不滅的想法也隨著房子的工期結束，而再次滋生了出來。因為蓋房子，裹小腳的外婆怕母親和我們受委屈，主動帶了換洗衣物來幫忙。風言風語中，外婆聽說都已經五十七歲的繼父，居然依舊不顧一切地還想要母親再生個孩子，氣得嘴角不停地抽搐。

房子蓋好了，幫忙的外婆也準備離開了。吃她離開前的最後一頓飯時，外婆以一個丈母娘的身分和繼父進行了一次嚴肅談話。當然，意思主要是母親不適合生孩子之類的，要他不要有這樣的想法了。已然有點走火入魔的繼父，聽到只比自己大幾歲的外婆這番話，一點也沒有客氣，當著外婆的面，居然直接把吃飯的桌子給掀了。然後，一個五十七歲的老男人，像個負氣的孩子，什麼也沒有拿，離家出走了。

七十四　大出血

「哇！我以為只有女生會做出這樣荒唐又可愛的行為，沒有想到，妳繼父這麼大年紀了，居然也這樣玩！」聽了這段故事，娜娜意外地失了神，插嘴道。

「都是人哪！如果知道他只能再活九年，我們都不會氣他了。一個人一定是有預感的，所以，才會為了做自己想做的事，做出各種瘋狂的舉動。他那麼大年紀，無法懲罰任何人時，只能懲罰他自己⋯⋯就像那個大作家 ── 托爾斯泰 ── 他曾幾度想離家出走，終於在他生命的最後時刻，一個人跑掉了⋯⋯」我很感傷，一個養育我二十多年的繼父，他的生活和生命，遭受了這麼多折磨。但是身為孩子，我一無所知。這些事情，也都是母親看我愛寫作，像講往事一樣，說給我聽的。

繼父離家出走後，母親非常著急，託了許多親戚和鄰居，四處尋找他。兩天後，大家才在離村莊不遠的一個山洞裡找到盤腿打坐的繼父。他在山洞的牆壁上，用自己的血寫道：「沒有自己的孩子，生不如死。」

找到繼父時，母親像找到失散多年的孩子，抱著他痛哭不止。髒兮兮且瘦弱的繼父，頭髮凌亂，大半花白，那個愛讀書、文雅的男人完全不見了。他像母親的一個任性孩子，在她的世界撒嬌，什麼也不為，只為了要有一個自己的孩

子。痛哭之後,母親面對麻木的繼父說:「跟我回家吧!就算要了我的命,我也會再為你生一個孩子!」

「人們都說,自己沒有長大時,不要結婚,更不要生孩子!這個時代,婆媳不和、夫妻不和,想用生個孩子解決,最後會發現,一切都越來越凌亂。」我有點激動地說。

娜娜點頭附和:「生孩子是個大事情,我絕對不生。」

「為什麼?」對這個抱不婚主義思想的好友,我其實想告訴她,生個孩子,不為別人,為女人自己吧!如果生個兒子,即使永遠睡了,心裡也是驕傲的。

娜娜用手擋住我的嘴:「千萬別再說妳的那些大道理,過時了,講我們媽媽的故事,繼續。」

母親去了幾趟醫院,進行一些中醫調理,沒有想到,身體機能不錯的她,一年之後,在四十一歲,真的又再次懷孕了。

這個消息對繼父來說,簡直是喜從天降。想到馬上就又能有屬於自己的孩子,那種抑制不住的喜悅心情,像乍放的光,灑在他的身體上。他充滿著新生命的動力,每天努力地種地、養豬,做一切能賺錢的工作。十月懷胎,母親特別小心,生怕再出現任何意外情況,讓繼父的理想幻滅。

一轉眼,那個春節剛過完,母親就要生產了。沉浸在快活中的繼父,每天憧憬著兒子到來的日子。他卻全然不知,這個即將出生的孩子,會為他帶來生命最後時光的幸與不幸。

七十四　大出血

　　或許是母親的年齡太大了，四十二歲的高齡產婦，而且有過多次大出血，一住進醫院，醫生提前就開出病危通知，意思是，母親隨時有可能死在手術檯上。

　　當著母親和繼父的面，醫生在動手術之前，要繼父簽字和選擇，意思是，如果出現意外，是保大人還是要保孩子。繼父非常震驚，他的內心是矛盾的。但我想，有那麼一刻，他一定是想選擇保孩子。母親很清醒、理智，她握握繼父的手，說道：「如果孩子能生下來養活，可以保孩子，我的那兩個孩子也拜託你一定要好好對待他們。他們現在也長大了一些，我也是放心的。」

　　繼父有點恍惚，他努力地扶著手術室的牆，想坐坐不住，想站站不起來，最後，在手術單上用血寫下「保大人」。

　　母親被推進手術室了，剛過三十分鐘，醫生就滿頭大汗地驚慌跑出手術室，急迫地告訴繼父，孩子生出來了，是個女孩，但產婦大出血，有生命危險。另外，需要為產婦止血、輸血，還需要摘除子宮。到最後，繼父幾乎是兩隻手相扶著，才完成了簽字，他的手和他的身體一直抖、一直抖。

　　簽完字後，醫院的各科室醫生和護士行色匆匆地跑進母親的手術室，像與死神賽跑，現場混亂到了極點。

　　舅舅和舅媽保持最緊張的沉默，生怕發出一絲聲音，會影響醫生動手術的動作和心情，無法將母親從死神手中搶回來。

我母親又一次經歷生與死的較量。而我和弟弟全然不知，那時是寒假，也剛過完春節。在家裡，裹著小腳的外婆，換著花樣，做好吃的給我們。我和弟弟像兩個沒心沒肺的孩子，寫作業、與同伴們玩耍，日子過得很快樂。我那時上國三了，快要參加大考，雖然家裡窮得叮噹響，內心不敢指望再繼續升學，但課業成績還算不錯的我，每天也自覺地坐在書桌前，做最後的備考。

　　不知道是因為哪個神仙的庇佑，還是我母親捨不得丟下她的兩個孩子，或者說，她還沒有享受我們長大成人後對她的孝順，她不甘心。母親在病床上昏迷了三天三夜之後，甦醒了過來。連醫生們都驚嘆，這算是醫學上的特例和奇蹟，院長還特別帶人慰問了一下母親。幾進鬼門關，母親走了一圈又一圈，最終，還是回來了。

　　母親醒來後的第一眼，就看見繼父一張憔悴的老臉。那一刻，恍若隔世，居然是母親先哭了。她說：「你怎麼這麼老哇？」幾天沒有照鏡子，繼父頭髮都白了，皺紋更深了，本來就瘦，經歷這一段煎熬，他像個骷髏一樣，沒有了人形。繼父怕母親傷心，憋住所有痛苦、難受、心疼，在母親面前硬擠出一絲比哭還難看的笑容。

　　隨後，為了幫大出血和做了摘除子宮手術的母親在醫院調理身體，繼父又各處借錢。能借的親戚幾乎都借遍了，實在沒地方再能借了。正在繼父一籌莫展時，我的親生叔叔

七十四　大出血

知道了這件事，二話不說，親自把錢為繼父送了過來。

他對繼父說：「不管怎樣，躺在病床上的，是我的嫂子。」為了孩子，為了我的母親，為了活命，快六十歲的繼父早已把生命中的自尊拋得老遠。他伸出手，接下這厚厚的錢，用它們把母親和那個與我相差十九歲的小妹妹，從醫院帶回了家裡。

出院回來的母親，因多次的生養孩子和產中、產後發生大出血等事故，身體大不如前，也無法再做什麼體力活了。但是，有了屬於自己的孩子，繼父像打了一劑強心針，支撐著他的身心，用衰老的身體硬撐起這個家。

小妹妹剛來到這個家中的那個春天，出奇得冷，在冬天院子中凍的冰層很久也不化，大家走路都小心翼翼，因為太滑了。

有一天早上，做飯的繼父不小心重重地摔了一大跤。這一摔，把他的右手臂摔成了骨折。繼父到衛生所做了簡單處理後，每天右手纏著繃帶，做各種家事、照顧母親和還沒有滿月的小妹妹。

每天放學回來，我看到繼父用一隻左手在臉盆裡與麵團鬥爭，滿臉的汗，心裡非常難過，便幫他把麵團放在鍋裡，在麵團上有時撒鹽，有時撒糖，蒸熟了，用刀切成塊，配著鹹菜吃。只有還在坐月子的母親，能夠享受到偶爾有一點的青菜或一顆雞蛋的飯。

每次吃飯時，我從來不坐在桌子邊，我端著碗，坐在自己的寫字桌上單獨吃，雖然沒有鹹菜，我的淚水已經讓麵團很鹹了……

七十五　賺錢

　　到現在，母親都不知道這個孩子的出生代表了什麼，是繼父的希望，還是帶給家人的絕望，也許是前者吧！小妹妹長得很秀美，剛剛幾個月，大大的眼睛就閃亮閃亮的，黑黑的眼珠裡透著一種聰慧。尤其她的皮膚，像個小陶瓷娃娃，我和弟弟都十分喜愛她。母親見我們並沒有厭惡這個孩子，也由衷地感到很欣慰，也許這就是好兆頭。

　　我國三畢業，親生父親的弟弟——我的叔叔，接濟了我的學費，讓我繼續讀了專科。看到我還有繼續讀書的意思，一個午後，繼父扶著門框站在門外，不敢看我，很難為情地、斷斷續續地對我說：「孩子……妳別讀了……爸……真的……沒有能力……供妳讀書了……」說完，他轉過頭，肩膀不由自主地抖動。

　　坐在破舊的書桌前，我什麼也沒有說，輕輕地合上了複習的書本，望了望窗外，那一刻，陽光強烈地刺著我的眼睛，我的心跟繼父的身體一樣在發抖。

　　我認命了。我在學校的讀書生涯，從此結束。身為家中長女，能比村裡其他女孩子或更多的孩子多讀幾年書，我已經很知足了。從今以後，我要用自己的能力，替繼父和母親養起這個家，而首要的，就是還債。

　　雖然沒有高學歷，但窮人的孩子還是很能吃苦的，我做

過很多工作。每一份工作，我都非常努力。除了賺錢這一目的外，我還能想到的，就是賺本事和累積社會經驗。我盤算著，總有一天，我要寫出一本屬於自己的小說，告訴別人我的故事，最好能用寫作養活自己，才是夢想成真。

那時，二十歲剛出頭的我，每個月賺的錢並不多，但我每次回家時，都會盡己所能，為家裡添置一點新東西。繼父很高興；母親很高興；弟弟很高興；很小的小妹妹也很高興。

我帶回的，其實是城市裡早市上最廉價的小商品。但母親看著這些從城市裡帶回來的東西，總會自言自語。

她悄悄地對他說：「孩子爸，我已經拚盡老命了，但是，我對不起這兩個孩子，我沒有為他們提供再好一點的環境和生活條件。無論如何，兩個孩子平安長大了，而且能自食其力，養活自己了，你就放心吧……」

有了小妹妹，再也沒有人敢對繼父指著鼻子罵他「老絕戶」了。幾年之中，繼父老了許多，腦袋已不太靈光，忘性特別大，而且，腰也駝得厲害。即便如此，我看到繼父會在悲戚的生活裡，雙手交叉放在背後，偶爾露出掉光了牙的嘴巴，對著落滿塵土、灰濛濛的玻璃窗，悄悄咧嘴為自己擠出一個笑容。那樣的狀態，我覺得，是他對生命最後的心滿意足。

人算不如天算。

那個年代的大部分農村人，還是留有很深的劣根性。

七十五　賺錢

　　那幾年，我和弟弟相繼外出工作賺錢，家裡條件逐漸有些改善，欠下的債務也基本上已還清。有些嫉妒眼紅的鄰居，便開始有意無意地，在我和弟弟不在家的時光裡，欺負年老和懦弱的繼父。最嚴重的是，有一個流氓人家，他們三番兩次地找碴吵架，最後竟演變成敲詐和勒索。我和弟弟為了賺錢，也為了省車費，平均一年才回家兩、三次。家裡只有老的老、小的小，他們為了不讓我和弟弟擔心而不告訴我們，繼父和母親，還有幾歲的小妹妹，受鄰居欺負的那段日子，每天過得戰戰兢兢，如同噩夢！

　　五年之後，妹妹要開始上學了。繼父已經六十多歲，他再也扛不住生活的重擔，一下子就病倒了。他兩腿之間疼痛難忍，無法走路。母親好幾次帶著他去醫院檢查，都查不出到底是什麼病。

　　那年春節是馬年，我人生裡的第二個本命年。家裡所有的人都為繼父的病而憂心忡忡。母親雖然記得是我的本命年，但是忙糊塗了的她，沒有為我買任何紅色的東西。為了圖個吉利，我為自己買了紅襪子穿。在職場上已經有點小資歷的我，第一次收到可觀的年終獎金，我用其中的大部分，幫家裡添置了一臺彩色電視機。

　　把彩色電視機搬回家裡的那個白天，躺在床上且病入膏肓的繼父，精神一下子好了許多。

　　那一年，我幾乎是第一次進廚房獨立做年夜飯。雖然只

是簡單地準備了一頓涮羊肉和炒菜，但是，繼父看到我忙前忙後的身影，他知道，這個孩子長大了，這個家，有接班人了。

那頓年夜飯，大家誰也沒有提一句繼父的病，全都假裝歡聲笑語，坐在彩色電視機前，看著熱鬧的春節電視節目，熬夜守歲，幫母親包餃子。母親包的全是繼父愛吃的，有幾種餡，有純羊肉的、豬肉大蔥的，滿屋子飄著肉的香氣。

但繼父沒有什麼胃口，每種餡的餃子，他只吃了一個。

晚上十二點，那個「新年」來時，母親還第一次特別大方地買了幾掛大鞭炮，讓弟弟痛痛快快地全放了。滿院子都是喜慶的紅紙屑和鞭炮的火藥味，碎紅紙像在院子裡鋪了一層厚厚的毯子，非常有過年的味道。

繼父坐在窗前看我們放鞭炮。往年的除夕夜，都是他帶著弟弟、妹妹放鞭炮。這一年，不能走路的他，被動地將這個權力交給了弟弟。他的身體，一定是痛的，但是他沒有表現出來。

放完鞭炮，我從院子裡透過玻璃望向繼父時，看到他微微張著嘴巴，想說什麼，但什麼也沒有說出來。他看到我看著他，便想對著我笑，擠出的滿臉皺紋，讓我的心頭泛起一陣陣悲哀。我下意識地轉過身去，離開他的視線。

村子裡，越來越熱鬧。我和弟弟把窗前的雜物挪開，讓繼父看看這個小山村裡紅火的樣子和沖向夜空的漫天煙火。

七十五　賺錢

　　每一個小小的人，在這一天，都會祈禱在新的一年裡，全家人健康和幸福，我也是。我第一次強烈地向老天爺默求，讓繼父趕快好起來！

七十六　巴士

　　大年初二的一大清早,公司的一個男同事居然打拜年電話給我。我坐在電話機旁,很感動,也很意外地和他聊了幾句。電話是母親先接的,然後她轉交給我,所以,母親知道是一個男孩子打來的。

　　我一邊和同事在電話裡說著新年的吉祥話,一邊聽到母親和繼父說:「我們女兒不笨,有男孩子追,你放心,還能嫁出去。」繼父邊點頭,邊小聲地回應母親。聊了幾分鐘之後,我放下電話。母親什麼也沒有問我,但是走路有點不太正常地從我眼前晃了幾晃。我看到,她好像以為我找到對象似的,有點興奮。

　　房間裡只有我和繼父,沉默了一會兒。然後,繼父開口對我說:「閨女,我判斷我的大腿骨壞死,妳能不能帶我到城市的大醫院再確診一下啊⋯⋯」繼父的聲調有些乞求,我第一次感受自己更加長大了,連同在我眼中如山的繼父也像孩子一樣,向我求救。我立即答應,但心裡發慌。因為,我只留了上班後第一個月的生活費,帶繼父去看病,意味著,這唯一一個月的生活費也將沒有了,我上班有可能會挨餓。但是為了繼父,我當機立斷第二天就出發,去大醫院看病。做這個決定時,讓我想到了當年意氣風發的繼父,帶著自己的老母親去城市看病的經歷。生命輪迴,這一天,終於也輪

到我了，讓我有機會回報養育我多年的繼父之恩情。

　　大年初三，全家人早早地起了床，包括幾歲的小妹妹。小妹妹喜歡姐姐和哥哥，可是，由於我們不常在家，我們之間有點熟悉的陌生感。

　　在灰濛濛的晨霧中，母親、弟弟，還有小妹妹，把我和繼父送上了第一趟長途巴士。沒有讓弟弟和母親陪伴，目的只是為了節省車費。上車的時候，母親怕我搬不動繼父，三番兩次地囑咐男售票員和司機，下車的時候，一定要幫她的女兒照顧一下她的父親。

　　那天的情景，讓我感覺自己像是代父從軍的花木蘭，想逞強，但真的沒有錢、沒有力氣、沒有底氣。雖然是過年期間，但讓我很意外，坐車的人很多。每個座位都坐滿了人，車的走道擠、站的都是風塵僕僕的鄉鄰。因為路途遙遠，售票員好說歹說，終於有一個年輕的女孩，讓了一個守在門口、有點灌風的角落座位給繼父。已經好很多了，因為坐總比站著好，我向那個跟我年齡相仿的女孩道了謝。雙手環抱簡單的行李，我站在擁擠的人群中，盡量離繼父近一點。搖搖晃晃的車廂，站著的、坐著的人群，很快安靜下來，幾個男人、女人從不同角落傳來此起彼伏的打呼聲。

　　車子向前行駛，因為過年，雖然車子行駛非常順暢，路上的車輛沒有幾輛，但司機依舊小心翼翼地駕駛汽車。因為，按照現今的說法，這輛車嚴重超載。但那時大家基本上

沒有這個意識。

　　長途中，繼父沒有和我說一句話，他一直睜著眼睛看車窗外。我擠在人群中，充滿睡意，但就是睡不著，滿腦子胡思亂想。

　　我想要做最壞的打算，也要做最好的打算。我在想，如果繼父看病需要很多很多錢，我該怎麼辦呢？我只是一個有一年多普通工作經驗的女生，還有什麼方法可以快速賺到很多錢，為繼父看病呢？

　　想了很久，也不知道自己有什麼本事可以快速賺到很多錢。唯一一個念頭就是，實在不行，就把自己賣了，可是自己又值多少錢呢？賣血？我覺得好痛，隱隱地又知道賣血根本換不到多少錢。乞討？也許這個方法可行，但是在城市街頭乞討也不行，有人管，不能隨便這麼做……就這樣，一路上，我把頭都想得大了一圈，也沒有想出一個賺大錢的好方法。

七十七　醫院

　　男售票員扯著脖子向滿車廂裡睡覺的人叫喊著，說到站了！有人嚇了一跳，有人居然睡得叫不醒，非要年輕的售票人員用力推他，才揉揉眼睛，待反應過來後，又匆匆提著行李快速跳下車。

　　繼父腿不好，我們是最後兩個下車的乘客。年輕售票員非常負責任，他用雙手攬著父親的腰，把他一步一步扶到門口。我提前跳下了車，站在門邊等繼父。看到繼父在年輕人的幫助下，吃力地挪向車門口臺階，那一刻，我下意識地伸出了戴著手套的那隻手接他，繼父沒有遲疑，他也順勢將他的一隻手放在我的手掌上。我和繼父之間，從來沒有這樣的親密動作，那一握，我全身通電般難過與幸福。這是一個老人對一個孩子的信任，但是，也彷彿是一個風雨飄搖、風燭殘年的老人，對親情的眷戀。年輕售票員不僅將繼父扶下了車，還將我和繼父送到了去往醫院的公車站。

　　我在城市工作快兩年了，第一次覺得，公車站與站之間是如此漫長。我和繼父前後相鄰而坐，他在我的前面，我在他的後面。他的頭靜靜地向著公車的車窗，什麼話也沒有說。那時，我猜想，他一定在回憶他一生中有幾次來過城市的過往。從上次陪他的老母親，直至此時，也已經有十幾年了。這十幾年，城市發展變化太大了，他肯定很多地方都不認識了。

想當年，繼父也是一個懷抱理想、有擔當的年輕人。他這一生，與各種運動、改革、發展交織在一起，他的人生也像逐漸強大起來的國家一樣，反反覆覆，曲曲折折。

記得我們小時候，繼父滿臉的自信、對待生活認真的樣子，還歷歷在目。但是，生活把他逼得人不像人、鬼不像鬼的，還好，在一而再、再而三地向世間萬物妥協時，他心中還留有一份依戀人間的情懷。

「嗯……我也接觸過幾個在別人眼中看起來非常成功的人，他們的成功都是因為天時地利人和，缺少哪一樣，都不可能成為別人眼中的大成功者。人啊！活著的意義到底是什麼呢？怎樣才能算是成功，才能算是幸福呢？」聽著我繼父的故事，娜娜自言自語著。

「現在心靈雞湯夠多了，如何把每一個今天活好，每個人心中都有自己的答案。我想，我的人生只要每天有一點點小小的收穫，那就是對我生命最大的獎勵了。最終，世界給予我什麼，我學著欣然接受。我現在釋懷了一切，我知道擁有這樣的心態，才是生命的禮物、生命的餽贈。痛苦也是幸福，快樂也是幸福。有人在痛苦、寂寞中找到眾人需要的真理，有人在快樂中感受著迷惘的痛苦……」陪繼父看病這段經歷的講述，讓我整個人像一潭綠汪汪的湖泊，水靜無波。

「醫院到了！醫院到了！」售票員用力地推著我的肩膀喊。從沉重的夢中醒來，我的眼皮痠痛無比。

早上太早起床了，我居然在陪繼父去醫院的路上，一個人坐在公車座椅上昏睡了過去。繼父被司機和一個中年男子扶著，正在一小步一小步地下車，清醒後，我站起身，往他們的方向衝了過去，一邊連聲感謝，一邊接過步履艱難的繼父。

車站離醫院的距離，正常人走路都需要二十多分鐘，依照繼父的身體狀況，他是無論如何也走不到的。我四處張望，這時，一輛計程車來到了我們的身邊。開計程車的，是一個二十幾歲的年輕人，因為天冷，他好像還有點感冒，吸著鼻涕，問我：

「去哪？」

「前面的醫院。」

「我載你們去？」

「計程車太貴了，爸能自己走。」繼父聽到我與年輕人的交流，小聲對我說。然後，自己硬撐著身體，拄著拐杖向前踉蹌著挪動。

看著繼父笨拙而疼痛的身體，我的眼淚一下子流了出來，趕快用手無聲地擦了一下臉上的淚水，準備去攙扶他。看到這一切，年輕人有點激動和動容，他也哽咽著對我說：

「我爸也生病了，今天，我做做好事，免費送你們。」

「太感謝了，您叫什麼名字？」

「就叫我『雷鋒』吧！」

他的回答和燦爛的笑容，給我無限溫暖。

七十八　確診

「平凡人的心靈大多是向善的，每個人見到觸景生情的場面，都會下意識地伸出一雙充滿愛的手。」娜娜搓搓雙手，默默地說。

「那時，我在想，我要永遠記得他，當我有能力的時候，我一定要好好感謝他。可是，今天除了他筆挺的身型和粗糙的大手，我真的對他的容貌有些模糊了。」如果不是說母親與繼父的故事，這段已有十六年之久的往事，在我的生命中，基本上被漸漸淡忘了，我為自己感到愧疚。

愛，如光，在每一個活蹦亂跳的生命裡停留，並常常互相照耀。雖然沒有回報他的滴水之恩，但在後來的生活中，我努力讓自己做一個善良和樂於助人的人。

年輕人不僅幫我把繼父拉到醫院，還陪著我全程照顧繼父。

我去掛號，繼父和他坐在醫院的走廊上。我們扶著繼父去看醫生，醫生簡單地檢視了一下後，開給我一疊檢驗單。然後，我們推著醫院的輪椅，送繼父去各個樓層檢驗。因為過年，醫院的病人不是很多，檢查一切都非常順利。當結果出來時，醫生對繼父說：「你在外面坐一下，我和你孩子說一下。」

繼父搖搖頭，對醫生懇切地說：「我也看過醫書，有什

麼病，你直接跟我說吧！不用瞞我，我心裡有數。」醫生看到繼父內心如此明白，便對我們說：「那就一起進來吧！」

「你得的是股骨頭雙側壞死。」醫生拿著 X 光片對繼父說。

「什麼意思？」我瞪大眼睛疑惑地問。

「雙側股骨頭壞死是非常常見的股骨頭壞死類型。大腿內側痛，牽扯膝或腰部痛、跛足，活動後加重，休息後好轉。根據你的情況，現在，首選治療方法和根治方法就是馬上動手術。國產的醫療費用會比較便宜；如果經濟允許，也可以考慮換進口的，但是，會貴很多……」醫生坐在他的桌子旁，非常認真地向繼父和我介紹病情，但是，我在聽到醫療費用時，腦袋裡「嗡」的一聲，炸裂般的疼痛，差點摔倒。用力扶了扶繼父坐的椅子靠背，我才站穩了身體。後面醫生說的話，我基本上不記得什麼了，我只感覺，身體彷彿不屬於自己了，它浮到半空中，沒有靈魂。輕輕飄飄的我，在空中，左顧右盼，四處張望，準備尋找醫療費用……

繼父很鎮靜，他仔細聽完醫生的全部介紹，淡然地轉頭對我說：「女兒，我們回家吧！」年輕人在旁邊替我和繼父著急，我也感到了前所未有的緊張，如果不治病，彷彿黑白無常兩位惡神就會尾隨在繼父的身邊。

見我傻傻地站在原地不動，繼父拉了一下我的衣服，很溫和也很固執地對醫生說：「我知道自己得了什麼病，確定了

就好了,謝謝醫生。」他瘦弱的身體,勉強地向醫生鞠了躬,代表感謝,然後,站直了身體,咬著牙向門外挪動。醫生、我、年輕人,都默默無言。

其實,那一刻,我非常想哭,但是不敢讓繼父知道。醫生拉住我,小聲對我說:「妳父親的病很嚴重,一定要抓緊時間動手術啊⋯⋯」後來的話,我沒有聽清楚,強忍著淚水去找病房外的繼父。

只是獨自走出醫生的門診室,繼父的額頭就冒出了很多虛汗,像小河水,順著臉頰向下流淌。我覺得,身為高級動物的人類,一定會有死亡預感的。聰慧的繼父,對自己的身體也略有感知,這次看病之行,我想,他最大的目的,應該是想來這裡看看。

我們小時候,家裡窮,他又年紀大,生活壓力和各種不順利的事情,一件件榨取著他的身體。繼父總像在水裡呼吸,深深地透不過氣來。繼父最後幾年的時光,一直用酗酒和吸猛烈的菸草麻痺自己。每天像一盞隨時要熬盡燈油的油燈,燈火忽明忽暗。他一會兒找到生活的勇氣,一會兒又被別人的口水淹沒。他像一匹瘦骨嶙峋的老馬,一次次被衰老拖在地上,看到全家人,又掙扎著站起來。

繼父終於走不動了,他氣喘吁吁地坐在醫院的走廊裡。

七十九　目送

　　醫院的走廊，病人很少。肅靜中，我感受到前所未有的陰森和恐怖。

　　繼父穿著他生命中唯一一件體面的衣服，像一隻疲勞至極的老黃狗，拖著全身斑駁的皮毛，強打著精神，抬頭望向我，滿眼渾濁。

　　也許看到了我的紅眼眶，為了不讓我傷心難過，他在堆滿疼痛的老臉上，用皺紋擠出一個似笑非笑的面容，一字一字地說道：「孩子，妳不用為我擔心。我學過醫，我會有辦法。妳在這裡安心工作，家裡的事不用妳操心。記住，家永遠是妳最堅強的港灣，受委屈了，妳就回家。有爸在家，為妳撐腰……」

　　藏在眼眶裡的淚水，瞬間流了出來，但，我強忍著沒有哭出聲。

　　繼父說的每一個字，像槌子在敲打，烙印在我的心上，充滿了溫暖的戰慄。我強忍著，向繼父點了點頭。

　　那天，我想起了與繼父共同生活的點點滴滴。無論我曾經在生活中與繼父發生過多大的誤解與隔閡，此時，那些誤解與隔閡都在這些話裡，融化、消解了。

　　我深深地感謝這個養育我二十幾年的男人。他在我的生命中，跟給我生命的親生父親有著一樣的位置，我對他們同

樣感恩、尊重和愛戴。

「爸，您放心，我會努力的，您回家，要好好保重，等我賺夠了錢，我們就去動手術。」我說。

繼父再次搖了搖頭：「孩子，真的不用，未來日子還長著呢！爸心領了，只要妳好好用自己的本事工作，做一個安分守己的好孩子，每天平平安安的，爸在家裡就能吃得飽、睡得香，千萬不要做邪門歪道的事。孩子，記住爸的話，知道嗎？」

「記住了！」這是我無法心安的回答。

「那好，走，陪我去車站，我回家了！」說到「回家」兩個字，繼父彷彿有了氣力，一下子自己站了起來。

陪伴我和繼父的年輕人，聽聞了繼父的病情，居然陪我將繼父送到公車站。整整大半天，他都在幫我跑前跑後，我實在不知道該怎麼報答他。

長途巴士站上，我像母親叮囑售票員一樣，反覆乞求著這趟車的女售票員，一定要多關照我繼父。她微笑著拍拍我的手背，說「放心吧！」。看著她體諒的笑臉，一剎那，我壓抑的心情好了很多。

繼父在椅子上坐好後，對我揮揮手，示意要我去工作吧！我固執地說等車開走再離開，並匆忙地在水果攤買了幾個橘子，返回來把橘子遞給繼父後，長途巴士就要準備出站了。我站在車外，目送繼父坐著的長途巴士，直至它消失

不見。我矗立在原地很久，隨著繼父的離開，心情也沉重起來。

為了節省車費，我讓繼父單獨坐最後一班班車趕回老家。那一頭，我弟弟和母親在車站，推了一輛獨輪車，像當年照顧後奶奶一樣，等待著繼父回家。

望著漸行漸遠的車影，陪伴我的開計程車的年輕人，突然蹲在地上嚎啕大哭。

「你怎麼了？」我一驚。

「我想起了我的父親。他現在在老家也在生病，但就是不來醫院看病……妳爸真好，我知道，他也是為他的孩子，能省一塊是一塊……這個春節，我沒有回家，就是在這裡拚命賺錢……我想多賺一些，讓他早點好起來……我好想家，好想父親……」

「這些你拿去！」雖然我到了山窮水盡的地步，但是，我決定借錢過日子。僅有的一個月生活費，除去醫院看病錢，我把所剩無幾的全部零錢，都給了他。

拉起他，我鄭重地對他說：「今天，我要謝謝你幫的大忙。以後有事，我們一起努力，這是我現在公司的電話……」

他接過紙條，我揮揮手，倉皇上了公車。

看著他聲淚俱下的身影，我的悲傷無法讓我再多陪伴他一秒，否則，我會發瘋的。在這個城市的街頭，我感覺到自

己越來越渺小，越來越無力。心頭像壓了一塊巨石，堵得心口難受，我想向周圍人求救，但是開不了口，眼前一黑、身子一歪，我暈倒在座位上⋯⋯

　　醒過來時，車上已經沒有什麼乘客了，我還在座位上。沒有人知道，昏死過去的我，剛才與死神打了一次交道。望向窗外，我已經坐過頭十幾站了。急忙下了車，摸摸口袋，身上已無分文，只好用腳一步一步地向公司走去。

八十　當小姐

　　那時的我，在一家文化公司當打字員。走到公司宿舍時，城市已是燈火璀璨。

　　宿舍裡，只有一個同事鄭美芳，她沒有回家過年。看到我狼狽不堪地走進宿舍，她非常驚訝。聽到我還沒吃飯，好心的她連忙幫我泡了一包泡麵，還把她吃剩下的、中午的炒菜拿了出來。飢腸轆轆的我，一邊一手大口吃麵、吃菜，一邊一手揉著腳上的幾個水泡，問她：「美芳，現在像我們這個樣子，有什麼方法能快速賺到一大筆錢嗎？」

　　「當小姐。」鄭美芳神祕兮兮地湊近我的身邊。

　　「什麼叫當小姐？」我迅速地把最後一口麵湯吞嚥下去。聽到有賺很多錢的機會，我立即像準備上場的鬥雞一樣，張開了羽毛。

　　「我現在也不知道，昨天我遠房的表姐來找我了。看到我在這裡一個人可憐巴巴地過年，知道我賺的錢也不多，她就跟我說，別在這裡當打字員了，跟她一起去當小姐，吃得好、住得好，而且好好工作，一個月能賺幾萬塊……」

　　「真的嗎？什麼時候去？」聽到這裡，我的眼睛冒出貪婪的火焰。

　　「我表姐說，叫我不要告訴別人。這樣，明天我們一起去找她，問清楚？」

「太好了!」

聽到有機會能賺夠給繼父動手術的錢,我感到自己充滿了無窮的力量。為了幫繼父治病,從那天開始,我什麼苦都能吃,也不懼怕。

第二天一早,我和鄭美芳轉了兩次公車,來到她表姐住的地方。這是一間公寓,外牆刷得白灰相間,很清爽。按照地址,我們來到一個住家門前。到達三樓,迫不及待的我鼓足了勇氣,按響了門鈴。

門裡一陣「窸窸窣窣」,有個女人嬌聲問:「誰呀?」

「表姐,是我。」

我們來得太早了,鄭美芳有點心虛地應答。

「啪!」門開啟了。

鄭美芳表姐穿了一件性感的內衣,半個胸部幾乎露在外面,頭髮凌亂地紮在一起。看到她的樣子,我感到很難為情。

她先看了一眼鄭美芳,又看到身旁還有一個我,上下左右看了看我之後,擠出一絲微笑的模樣說:「哦!是啊!美芳呀!進來吧!」

客廳裡擺放的是中西式家具,我很喜歡。美芳表姐坐在沙發中間,從茶几上拿起菸盒抽出一支,非常自然地點火,舉著菸對我們說:「美芳,這是誰呀?妳們過來坐啊!」

招呼我們的同時,她把衣服拉了拉,把頭髮也整理了

一下。

為了賺錢，我壯著膽子坐在離她很近的地方。

「美芳，介紹一下？」她吐了一個菸圈，問鄭美芳。

「表姐，她是我同事，她爸生病了，急需要賺錢動手術，妳前天跟我說，當小姐能賺錢，我就沒聽妳的話，跟她說了……她叫麗麗，也想跟我一起做，我們關係滿好的，所以……表姐，今天一大早，我們就來了，看能不能早點上班賺錢……」鄭美芳和表姐也是遠房親戚，因為帶了一個我，說話的時候，特別拘謹，還會結結巴巴。

表姐聽完鄭美芳的話，突然哈哈大笑起來。

「好啊！沒有問題。妳們坐，等我收拾一下，帶妳們去。不過我提前說好了，妳們可別辜負表姐的好心啊！」她一邊說話一邊站起來，同時，重重地扶了一下我的肩膀，也拍了拍鄭美芳的頭頂。

兩個小時後，我們和鄭美芳的表姐站在路邊等計程車。她化著濃豔的妝，黑色的貂皮大衣裡，穿著時髦的絲襪、皮裙，非常醒目地站在路邊。不一會兒，一輛計程車停了過來，我們三個依次上車。

這是我人生中第一次搭計程車，感覺很舒服，但因為車子密閉性太強，我坐在後排座位，有點暈車。肚子裡雖然沒有什麼食物，但我還是一陣陣翻江倒海地想吐。

我怕吐到車裡，會讓鄭美芳表姐看不起我，影響賺錢的

機會。當真的有一陣水樣物湧出來時，我竟然強忍著不適，活生生吞了下去。

在痛苦的暈車中，我迷迷糊糊地想像著未來能賺大錢的工作，還是有點不太敢相信，便偶爾用餘光瞄幾眼坐在副駕駛座椅上的鄭美芳表姐，她衣服上下充滿了刺鼻的香氣。我自己在心中胡亂地思量著她到底能帶我們去做什麼工作？

其實，對一個剛進城的農村女孩來說，看到這樣的住所，這樣的穿著打扮，這樣的行動，會特別的嚮往。

做什麼工作，才能有如此排場呢？鄭美芳也好像和我一樣有點詫異。我們兩個人緊張地手拉著手，手心不停出汗。我擔心的是自己能力不夠，得不到這麼好的賺錢機會。鄭美芳卻在我耳邊小聲說：「會不會做違法的事呀？」

只要能賺錢為繼父治病，「違法」已經不太重要了。我那時這麼想。

八十一　好女孩

　　半個小時左右，我們來到了一個金碧輝煌的大門前，上面有「KTV娛樂城」的字樣。這時正是中午，進娛樂城的大門，感覺還是很熱鬧，各種耀眼的燈光繚繞，讓人頭暈目眩。

　　「彪哥，我帶來兩個親戚，你看看能要嗎？」鄭美芳表姐對一個長滿落腮鬍的中年壯漢說。他瞇著眼睛，摸了一下鬍子，看了看我們，幾分鐘後，才對著裡面喊道：「玉玲，出來一下，把她們帶進去，妳教教她們。」

　　應聲出來一個三十多歲的女人，外面天氣這麼冷，她卻穿了一個藍色的絨旗袍，上面繡著花朵，很嫵媚。扭著圓潤的腰身，她帶著我倆東轉西轉的，進入一個沒有窗戶的房間。

　　「妳們叫什麼？」坐在椅子上，她用嚴厲的聲音問我們。

　　「我叫麗麗。」

　　「我叫鄭美芳。」

　　叫玉玲的女人把我們的名字寫在一個小紙片上。

　　「麗麗，美芳，名字不錯，先把衣服都脫了！」她命令我倆。

　　「為什麼？」我本能地護住自己的身體，一種不好的感覺油然而生。

「我檢查一下。」看到我們頂撞,她走到我的身邊,準備扯我的衣服。

「當小姐,到底要做什麼?還要脫衣服?」我小聲叫道。鄭美芳和我一樣,有點害怕起來,她拉著我的衣服,躲在我的身後。想到能賺錢為繼父治病,我讓緊張的自己強行鎮定下來。

「看這個,妳們就知道。」玉玲看到我們緊張的樣子,她變得溫柔起來。

「妳做什麼?」

「來,坐下,我給妳們看看。」

說著,她把密閉房間裡的電視機打開,螢幕亮了起來,裡面是一個女人和一個男人裸露糾纏的身影。

羞愧、難堪、恐懼、抵抗……我和美芳只掃了幾眼,便互相拉著手,奪門跑了出去。

跑了很久,我們才站在大街上,深深地呼吸著這個地區的空氣,覺得就是沒有村子裡的新鮮。

「幸虧今天妳和我來了,這個表姐真不是好東西,居然想讓我和她一樣,陪男人睡覺賺錢……」鄭美芳跳著腳、罵向表姐的方向。

「我……」想到繼父的病,一股委屈的淚水落了下來。我在心裡問繼父,如果我用這種方式為您賺得手術錢,您會恨我嗎?「要當一個好女孩,守本分……」繼父和母親的話,

在我的耳邊清清亮亮響著。

　　這次荒唐的事件後，我再也沒有向任何人詢問過怎樣才能快速賺到許多錢。一個平凡的農村女孩，沒有人脈和學歷，也沒有見識和謀略，憑著普通的工作，她是無論如何也無法在短時間內賺到許多錢的。這個道理，我終於明白了。

八十二　嫁人

　　回到公司後，繼父的病仍像一塊巨大的石頭壓在我的心頭。經常在睡夢中，我都能感受到繼父身體上的疼痛。

　　該怎麼辦呢？我該怎麼辦呢？

　　除了工作，剩餘的時間，我的腦子裡整天整夜地想著為繼父動手術的事，想得頭痛欲裂、茶飯不香。

　　這時，同辦公室的一位大姐，知道我繼父需要錢動手術的事情。

　　一天中午休息時，她詭祕地把我拉出辦公室，在一個角落，她問我：「聽說妳需要錢，幫妳繼父動手術？」

　　「是的。」我如實地點頭回答。

　　「我這有一個機會，不知道妳願不願意？」

　　「真的嗎？」我心中的希望死灰復燃，蒼白的臉上泛出紅暈。

　　大姐告訴我，原來，她有個弟弟，今年四十一歲，有一個十歲的女兒，跟前妻離婚有五年多了，如果我願意嫁給她的弟弟，她家能出錢幫我繼父動手術。她說，她看我來自農村，平常滿老實的，也很喜歡我，所以，看我願不願意，她弟弟曾經來過我們公司，見過我本人，對我沒有意見。

　　呵呵！嫁人，嫁給一個老男人，那年我二十四歲，他四十一歲，好巧呀！又是相差十七歲。要我像母親一樣，為

八十二　嫁人

了我們，嫁給年長她十七歲的繼父，整個生命充滿了犧牲與悲壯，我願意嗎？曾經對自己說，為救繼父願意赴湯蹈火的我，遲疑了……

我的眼前，浮現出母親與繼父生活的過往……但是，也浮現出繼父蒼老疼痛的身體，望著辦公室大姐期待的臉龐，我有點心動。

那一刻，我的心裡話是：「管他的，我先答應，先把繼父的身體治好再說。」可是，脫口而出的，卻是對大姐說：「大姐，我晚上打個電話，問一下我媽。」

「好，我明天等妳回話。病不等人，妳盡快做決定。我弟弟前一段時間來公司找我時，看見過妳，滿喜歡妳的，所以今天我跟妳說這些事。我弟除了年紀比妳大一些外，我們可是有房子的，妳可要好好把握哦……」那一瞬間，大姐把我當成了她已成親的弟媳，對我無比親暱。好像又一次要把自己賣了似的，我心神不寧。

晚上，我打了長途電話給母親，告訴她我打算嫁人，換取為繼父動手術的錢，還沒等我說完，電話那頭，母親就哭了。

身為過來人，她深知嫁給再婚、有孩子的老男人的苦楚。電話裡，她用因過分激動而顫抖不停的聲音對我說：「麗麗啊！就算妳爸病死了，我們也不用嫁不喜歡的男人。孩子啊！妳的路還很長呢！我和妳爸都不同意妳這樣。妳記

住了，妳就踏踏實實工作，妳爸的事，妳不用煩惱，有我們呢⋯⋯」

「媽，我知道了！」

電話放下的那一刻，我的身體一陣顫抖，好像放下了什麼，我欲哭無淚。

一個剛跨入社會大門的年輕人，除了安分守己地以工作換取生活資本，根本沒有任何捷徑可以走上快速致富的道路。正所謂「天下沒有白吃的午餐」，也沒有天上掉餡餅的美事。

兩件不太可靠的事情過後，在我日復一日的苦痛煎熬中，到了五月分，城市到處百花綻放，活力四射。但是誰也沒有意識到，一個從來沒有經歷過的可怕疾病，悄悄蔓延在這個人口眾多的城市。突然之間，這個城市的人，從天堂掉到地獄，用各種方式向四面八方逃離。

八十三　疫情

　　我那天早上剛到公司，便接到上司的電話通知，疫情來了，全員放假休息。我們剛到公司就又回到宿舍。聽同事建議，簡單收拾衣服後，我背著包，搭上公車，準備去附近的超市，採買一個月的生活用品。

　　第一次，我看到公車裡除了我和司機，沒有任何人。雖然「享受」了專車，但看到這個城市突然變得如此蹊蹺和蕭條，從沒有體驗過的我，充滿了憂慮。

　　像所有恐慌的人一樣，我也搶購一切能吃的食物，連小時候不愛吃的鹹菜，在我看來也像救命糧食似的，我瘋狂地買回宿舍儲存起來。

　　一座城市突然生了病，全城的居民都忐忑不安。在那樣的氛圍裡，我覺得，與我正在經歷的折磨相比，我經歷的這些實在算不了什麼。人性的自私，在那一刻淋漓盡致地展現著。人們搶購貴得離譜的各種自我救助物品，比如消毒水、具有提高免疫功效的中藥。

　　自小，吃藥對我就是個很難的問題。但在難聞的中藥和生死面前，我像個勇士，捏著鼻子，一口氣喝下，連一滴中藥水都不捨得灑出來。喝過藥的我，感覺身上已經上了一道保護枷鎖，不懂得自我保護的魯莽年輕人，只帶著自己，準備回家看看。

看我進院子，母親連忙下廚，為我做了一碗熱乎乎的番茄雞蛋麵。坐在外屋客廳吃完後，我猶豫著走向繼父的臥室。繼父重病已經幾個月了，我真難想像他現在的樣子。

我想進屋看他，卻有點不忍心看。

母親在我身後小聲說：「妳爸，猜想日子不長了，看一眼吧！」我打了個冷顫，拉起門簾，站在門口，望了一眼繼父。輕聲叫了他一聲：「爸！」

「回來了！」繼父應了一聲。

我看見他坐在床邊，上半身只穿了一件破舊的衛生衣，下半身蓋著一條起毛球的毛巾。見我進來，他半抬著頭，摸索著什麼，居然輕聲回應了我。

那時他腦袋開始糊塗了，我猜想他應該不會回應我才對，沒有想到，他見到我，很清醒地和我對話。我鼻子一酸，沒有再說什麼，匆忙地轉身離開了。

站在院中，我的淚水奪眶而出。繼父已經骨瘦如柴，原來有一絲活力的眼睛，這時只有最後的渾濁和無力。

母親喊我，說：「妳看，妳爸知道妳回來了，正在拍玻璃，高興呢！」

我回過頭，透過落著灰塵的玻璃窗看他。繼父正努力擺出一張和善的笑臉給我，告訴我他很好。但是，他真的沒有什麼力氣了，像一頭奄奄一息的老驢，目光無神地在自己的範圍內喘氣，即使四周有溫暖的草料，也喚不起他的一絲食慾。

他和時間就在那裡耗著，他和死神也在那裡僵持著。

繼父在屋內的那個他親手搭建的床上占據著。我願意挪出所有的位置，讓他占據。他是雕像，他是座標，他代表這個家的完整。

我是哭著離開這個小山村的，因為我嗅到了最深最深的痛楚……

八十四　七夕

　　因為疫情，公司放了整整一個月的假。我和同事們每天的主要活動內容就是在宿舍裡看影片、打撲克牌、做飯。對於繼父，我有意識地隻字不提，膽小鬼似的主動逃避，在頹廢中，讓自己暫時忘記重病在家的繼父。

　　吃飽睡，睡飽玩，不知不覺，我竟然還胖了一些。年輕和青春就是有這樣的好處，即使遠方發生著各種不幸，但是還能躲在陽光明媚的日子裡尋找萎靡的樂子。

　　這時，有一個男孩主動約我。

　　對於愛情，或者說，男女之戀，我有一種本能的不信任，我生命裡第一次來臨的愛情，就被我硬生生地拒絕了。但是，這樣的行為，在我的心中激起了漣漪，頓悟自己已經是一個二十四歲的大女孩了，正常的女孩至少也應該品嘗過戀愛的滋味了。

　　一個月後，城市逐漸恢復往日的活力，我們也回到公司，恢復正常的工作。

　　不知不覺，一個年輕男女喜歡的節日來臨了──「七夕」情人節。

　　這一天，在辦公室，我和一個年長的老同事開了一個玩笑，逗問他：「今天情人節，您會回家跟老伴做些什麼樣的浪漫事情啊？」老同事突然有些傷感地說：「今天是我父親去

世十週年的日子。十年前的今天,我八十歲的老父親在睡夢中就悄悄離開了這個世界。今晚回去,我們全家人要好好祭奠一下。」

同事的老父親離世,沒有給親人一點暗示,就很突然地離開,人生這樣結束,讓他的家人們都特別的愧疚和懷念。

同事說:「我幾乎沒有特別照顧過他,因為老父親身體非常硬朗,我們大家都覺得他能活過一百歲,但是沒有想到啊!睡夢中就離開了,一點也沒有受罪,一點也沒有為我們做兒女的留點盡孝的機會⋯⋯哪怕是認真地伺候過老父親一天呢⋯⋯但是呀!這一天的機會,老父親也沒有給⋯⋯」

同事越說越動容,在同一間辦公室的很多人,也不禁替他的孝心擦眼淚。看著大家的傷心,我也莫名地情緒難平,想到我遠方的繼父,他和母親現在怎麼樣了呢?

一種焦躁的感覺湧上心頭,讓我坐立不安⋯⋯

八十五　睡一覺

我從來沒有好好看過七夕的月亮長什麼樣子。目睹母親婚姻的不幸福，讓我從小對男女之愛就不太感興趣。在我脆弱的心中，我只希望自己盡快強壯起來。不受欺凌，是我人生路上很長一段時間裡的唯一目標。

這個七夕，我二十四歲，人生第二次本命年。這一天晚上的月亮，清爽、高雅、迷人。它幾乎是個滿月了，掛在天空中照得人間如白晝，惹得行走在路上的人們紛紛停下腳步，仰望著它。

不知為何，那天晚上，我的內心如火燒般寢食難安。我學著路人，坐在宿舍外的路口，抬頭欣賞月亮，十一點了，我卻一絲睡意都沒有。看著月亮，看著行路的人，我心裡莫名一陣陣失落和惆悵。街上越來越安靜，突然，臉頰和脖子被一陣微風吹得癢癢的，忽然之間，頭腦裡浮現出遠方家的影子，我第一次意識到，我有點想念家鄉了。

想念中，我為繼父擔心，為母親擔心，為上學的弟弟擔心，為只有九歲的小妹妹擔心，但具體擔心什麼，我卻不知道，就這樣莫名其妙地焦躁著。

一看時間，快十二點了，母親他們一定睡了，我也不便突然在半夜裡打電話。所以，我強烈地抑制著自己想家的情緒，準備回宿舍睡覺。

八十五　睡一覺

就在這時，肚子裡開始一陣又一陣的巨痛，捂著肚子，我一次又一次地跑進廁所，但是，蹲了一會兒，什麼也沒有，只有蹲到腳麻無力，才能讓肚子不疼痛了。直起腰身後，小腹裡還是像塞滿了什麼東西似的堵得慌，偶爾又像有千萬隻小蟲子在腹部狂歡，痛得我虛汗淋漓。

後來，我才知道，我的肚子在這邊受折磨，瀕臨死亡的繼父在那頭受折磨。深夜，他意識到死神來了，在床上拉著床單，叫醒我的母親。他撐著微弱的氣息，但頭腦突然很明晰地向母親做最後的交代。

母親一邊聽一邊流著眼淚，拉他的手說：「別說了，我們去醫院吧！」

繼父搖搖頭，想說的話基本上都說完後，他的頭一歪，死在了母親的懷裡。

那時，母親沒有嚎啕大哭，居然從容地趁著繼父身體的餘熱，幫他穿好了提前準備的壽衣。然後，母親又非常平靜地打電話給關係要好的鄰居，鄰居幾分鐘後就趕了過來。最後，清醒的母親，才分別打電話給遠在城市工作的我和在外上學的弟弟。

夜深人靜，我辦公室的電話根本沒有人接聽。習慣關手機的我，十點前就關機了。

九歲的妹妹在外面的小床上酣睡，考量到第二天還要讓她去學校上課，母親居然沒有喚醒她，讓她看一眼父親最後

的遺容。能做的事情都完成之後，冷靜的母親才虛脫地坐在院子裡。她再也不說一句話了，好心的鄰居們也坐在院子裡，和皎潔的月亮一樣，默默陪伴著母親，等待天亮。

母親說，繼父走了，她真的很傷心。但這是繼父在家的最後一個夜裡，她想讓繼父痛痛快快地睡一個安穩的覺。自春節從醫院看病回來後，繼父的病每日加重。痛得厲害時，繼父就吃幾顆止痛藥。母親親眼看著可怕的疼痛折磨繼父的身體。在他最後日子的白天、黑夜，繼父都無法好好睡上一覺。

這個七夕之夜，他終於安靜地睡著了，而且再也不受病痛的摧殘。每天照顧繼父的母親，都覺得這最後的半年，她和繼父一樣生了病，每天、每分、每秒都在煎熬著。

八十六　壽衣

　　天亮了，大太陽升起，母親才允許前來幫忙的鄰居和各方的親人們去看繼父最後一眼。那時，太陽光下，母親才注意到，不知道是很痛，還是怕母親把他送到醫院，繼父居然用手指把結實的床單硬生生地摳出了五個大洞。

　　母親說，繼父臨死之前，拚盡全部力量說的話是：「我沒有什麼不放心的，以後的日子，只能請妳受累把這一家子支撐下去了，娶了妳，我很幸福，無悔一生。」

　　母親還說，繼父雖然死了，但是她幫他穿壽衣的時候，感覺他非常配合，她一個人很輕鬆地就幫他穿好了。母親認為，遭受大半輩子罪的繼父，來世一定能有一個好的結果，也一定會保佑我們這一大家子，在人世間平平安安地活著。

　　母親繼續說，打我辦公室的電話，打了幾遍都沒有人接後，她便什麼也不做了，坐在院子裡，和鄰居一起看著月亮，想著她這二十幾年和繼父的日子，還有我們從小到大成長的樣子，像看電影似的，有哭也有笑。她覺得，跟繼父生活的二十幾年，不是愛，也不是恨，更不是怨。那天夜裡，知道繼父脫離了苦海，母親居然替繼父有一種不再受磨難的輕鬆感。她沒有呼天搶地，因為她不想大半夜吵醒周圍的任何人，她也不想讓周圍任何看不起我家的鄰居來看她的大笑話。漫長的七夕之夜，她守著天上的那個明晃晃的月亮，那

個她生命中陪伴了二十幾年的男人，越來越感悟到生命的珍貴和神祕。那天夜裡，她還失過神，她想起了這一生她最愛的男人——我的親生父親，想起了那些曾經短暫的美好。它們都似一道迷魂湯，讓母親為了明天，不哭，好好生存。

那天夜裡，九歲的妹妹像隻貓一樣，蜷縮在她的小床上熟睡著。她一點也沒有預感到，從那一天開始，她也成了一個沒有父親的可憐孩子。

後來，小妹妹長大了，對我回憶說，年老的父親曾經偶爾去學校接她放學，別的同學就會跑過來問她：「這個是妳爺爺嗎？」小女孩的自卑感，讓她像隻刺蝟，硬生生回擊她的同學們。

親生父親去世了，長大的妹妹偶爾也會抱憾地責怪母親，為什麼那天夜裡沒有叫醒她。她認為，九歲的她，是可以幫助母親分擔一些什麼的。母親回覆她：「我只想讓妳知道，從此以後，讀書是妳唯一離開我的出路。」

後來，妹妹真的在繼父去世之後，迅速成熟。她認真讀書，並且成為我們這個家庭裡第一個大學生，但是，為了幫我和弟弟省錢，就像命運的輪迴，她大學考進師範學校，成為一名老師。

八十七　喪父

「妳妹妹，在我的印象裡，長得漂亮，很聰明的。」娜娜插嘴。

「嗯！我和弟弟都非常偏愛她。她在課業上的確也很努力，比我和弟弟可以加一個『最』字。」小妹妹讓我很欣慰。

娜娜不說了，擠出一絲微笑，繼續聽我最傷心的經歷……

第二天早上，剛進辦公室，就聽到辦公室的電話響了，同事接的，然後對我說：「找妳的。」

我拿起電話，聽到母親那頭用很小的、憂傷的聲音對我說：「麗麗，妳爸沒了。」

聽到這一句話，電話這頭，瞬間，我沒有考量任何形象，嚎啕大哭。我的心情像決堤的水壩，堵了很久很久，終於裂了個大洞。

我的哭聲嚇了所有同事一大跳。辦公室主任大姐一個箭步衝了過來，哭泣之餘，我解釋道：「姐，姐，我爸走了，我爸沒了……」大姐一愣，用力地抱著我，扶我走出辦公區，拿著我的包包，送我離開公司，並反覆囑咐我路上小心。走出辦公大樓，大姐說了什麼話，我沒有再聽進去了，只有放聲哭泣。我哭著快步走向車站，哭得頭昏腦脹，天旋地轉。

公車站臺裡，乘客非常多。但對喪失繼父的我來說，什

麼都不重要了，別人怎麼看也不重要了，我依舊像一隻小野獸釋放著心中的痛苦。

在這個偌大的城市裡，一個女孩子的哭泣，一點都不值得關注，也沒有人對妳感興趣。大家繼續若無其事地等待著公車。

那天，我體會到了，一個人哭半個小時左右，基本上就哭累了，也不想哭了。隨著人流，我迷迷糊糊上了車。在擁擠的人群中，我被隨意擠到了倚靠車窗的位置。望向窗外，我大腦一片空白，最後，竟站立著、靠在窗邊，睡著了。

「爸……」突然一個緊急煞車，在我的輕喚中，我驚醒了。車子還在行駛，我下意識地摸了摸自己的臉，明白過來，我做了一個奇怪的夢……

我夢到，在一片樹林中，繼父在離我兩、三步遠的地方，毫無表情地看著我，他什麼也不說，就是那樣看著，沒有喜悅、沒有責怪，他只是目不轉睛地看著我。我向前追一步，他就向後退一步，沒有躲和離開的意思，只是看著我。然後，我就想用力地追過去，剛邁開腳，繼父就轉身離開了。我心裡一急，張口大喊了一聲：「爸……」

車裡，站在我周圍的人，聽了我的吶喊聲，全部轉頭看我。他們看到一個女孩子，淚流滿面地喊「爸爸……」。這是我最後一次喊繼父為「爸」。

「自從我母親去世後，我特別盼望能做夢見到她。但是，

我從來沒有,也真是奇怪⋯⋯」娜娜說。

「妳這麼優秀,妳母親是極其安心的。從小妳就是一個傑出人士,是她的驕傲。雖然她沒有對妳說,但是她心裡什麼都明白。能讓母親放心的孩子,世上真沒有幾個。所以,娜娜,妳的母親那麼信任妳,她相信妳能在這個世界上活得更好,超越更多的人,所以,她不會走進妳的夢中,也悄無聲息地離開了這個世界,尋找自己的下個幸福。這個世界有那麼多美好,我相信她也是留戀的,她要尋找一個出口,再次來到這個世間,也許她會當妳的女兒也說不定呢⋯⋯」

娜娜的眼睛睜得更大了。「真的呀!我好希望生命有轉世輪迴。那麼,我一定要結婚,並且生個女兒,像媽媽愛我一樣,好好愛她⋯⋯」好像已經當了母親似的,娜娜臉上充滿異樣的光彩。

我母親所經歷的故事,對娜娜或多或少有了影響,我真的替她感到開心。

八十八　祭奠

「後來呢?」娜娜拉著我的手,急切地追問。

「後來要聽嗎?」

「要!」娜娜斬釘截鐵地說。

後來……

我到了家。進家門之前,我認真仔細地看了看大鐵門,希望能夠看到繼父從這裡走出來迎接我,也希望找到繼父從這個家門逃離的一點蛛絲馬跡。但是,我只看到,過年時貼的對聯,除了破損和斑駁,沒有任何變化。

院子裡坐著幾十個親人,看見我回來了,母親被人攙扶著,顫顫巍巍地走向我。走近後,她一把拉著我的手,小聲說:「麗麗,妳爸沒了,為他燒點紙錢吧!」然後,她用拇指重重地按了按我的手心,言外之意是,妳還不大聲地哭幾聲給外人看看?

看到一院子的親人,我真的一點都不想哭,除了哭累了,我想告訴所有的親人,繼父去世了,還有長女,我能扛起家中的生活重擔,我不會亂了方寸。

院子的正中央,擺著一個小小的骨灰罈。骨灰罈的正前方,貼著繼父最喜歡的一張黑白色證件照。他威嚴的面容透出青春的活力,那是他從學校畢業時拍的一張照片,照片上是一個學有所成、充滿力量、充滿理想的面容。但是,因為

種種原因,他空有一身知識和夢想,沒有發揮出來,然後,便憂鬱地離開了這個世界。這一趟人生旅途,他辛苦地走了六十六年。

在繼父眼中,我是一個不太擅長做家務的女孩子。小的時候,他經常會嘮叨說:「女孩會做的工作,妳都不會做,以後能嫁個什麼樣的人家呢⋯⋯」聽後,我基本上會理直氣壯頂撞他:「我命好,不用您操心。」

那天回家後,除了為繼父燒紙錢,剩下的時間就是躲在廚房,為所有幫忙的親人和鄰居們做晚餐。那時我心想,除了為大家做飯,我也是在為繼父做。我想告訴他,做飯這種事,我無師自通。只要用心,我不僅能做得特別好吃,還能做出自己的味道,請他放心,我一定會找到自己的人生幸福的。

晚上吃飯時間,我做了十幾道菜。大家一邊吃一邊說:「麗麗這孩子有出息了,都學會做菜、做飯了,看,還做得很像樣呢!」站在屋外,聽到鄰居的讚揚,我在心裡對著院子裡繼父的骨灰說:「爸,你放心吧!我可以的,我一定可以。」

深夜,很多幫忙的人都回去了,我和母親圍坐在繼父的骨灰罈旁邊。這一天,夜空中的月亮依舊白如玉盤,那靜如水的月光,讓我感受到,繼父彷彿就坐在我的身邊。他沒有走遠,他能聽到、看到這個家裡的一舉一動。望著他的照

片,我點燃三根香,拜了拜,心中暗暗對繼父發誓說:「爸,你放心,我們家一定會來個男人頂門立戶,我們家也會越來越好的。」誓言過後,我抬頭,看到院子裡母親種的花連連擺動,彷彿告訴我,繼父聽見了我的心聲!

第二天,我和弟弟與眾親鄰一起,用簡單的儀式,把繼父下葬在他生前已選好的位置。添完最後一把墳土,我認真地環顧了一下四周,一來是想記住方位,方便以後的日子來祭奠繼父;二來是想看看繼父為自己選的地方,有什麼特別的用意。

我觀察到,繼父的墳遠離村裡人常選的山腳下。他選擇把自己埋葬在村莊的最南端。墳的四周種滿了桃樹。在他的墳邊,有兩座埋了很久的墳塚陪伴他。一座是他生前埋好的、他父母的假墳,墳塚裡只有他母親的一件上衣。旁邊還有一座,是他英年早逝的親哥哥。

八十九　上墳

　　繼父的親哥哥很早就去世了。
　　那時，他們都年輕。一次種莊稼，繼父的親哥哥自己獨自留在最後趕馬車回家。馬車在往回走時，也是路過了一片墳地，不知是真的看到了什麼不祥之物，還是馬不舒服，總之，拉車的馬突然之間受驚、發瘋，失控地拉著繼父的親哥哥和車子，在樹林間亂跑亂撞。繼父的親哥哥，在失控的馬的瘋癲中，被瘋馬擠壓在兩棵樹縫間，被活活地勒死了。那天夜裡十一點了，看到自己的父親還沒有回來，繼父哥哥家的孩子們才想到去找他。他們來找繼父，大家分頭去那塊地裡找。找了一會兒，大家都看到了那匹被卡住了的馬，還有繼父的親哥哥。當他們走近時，繼父曾經描述過，他哥哥的腸子流了滿地，有幾隻野老鼠在他的身體上亂竄，非常悲慘。
　　繼父的親哥哥去世後，他的小家如一盤散沙般四分五裂。女兒們早嫁的早嫁，遠走的遠走，唯一的一個兒子，也因為受驚嚇過度，腦子有些愚鈍。長大之後，不管怎樣都娶不到媳婦。兒女們像被附了魔咒，他們之間再也沒有了親情和愛，總是互相指責、埋怨與謾罵。最後，我稱呼她「伯母」且從來沒有對我笑過的那個女人 —— 繼父親哥哥的妻子，在孩子們的遺棄中，在一個寒冷的冬夜，徹底「瘋」了，她整日

整夜赤身裸體躺在柴草中,靠撿拾垃圾生活⋯⋯

兒女們從來不看她,她就像個鬼魂一般,在村中的各個大街小巷上晃蕩。每天嘴裡還亂喊亂叫或自言自語。偶爾,受到鄰居譴責的兒女們找到她,也是滿臉的麻木不仁,沒有一絲同情與救助。

最後,這個我曾經應該叫「伯母」的老女人不知道去了哪裡。她像一道謎一樣,悄悄地消失在村莊,也沒有人去找尋她,全都當她死了。村莊裡少了孩子們逗趣的風景,大人們也少了一個飯後的話題。如果不是我此時講述年少經歷,猜想沒有人會想起,曾經在這樣一個平凡的小村莊,發生過這樣一樁離奇的事件。

後來的後來,在一個寒冷的雨夜,在一堆亂草之間,聽說,這個「伯母」,才被人發現,但已經是很久很久的事情了,屍體模糊不清,村長派人通知家屬,居然沒有一個孩子前來認領。

關於死,繼父是早就想好的了。孝順的他,把自己的母親排在最好的前方位置,他和哥哥並排著。繼父去世時,正值桃子成熟,一個個粉嫩嫩地掛在枝頭。那份收穫的喜悅,惹人眼饞、嘴饞,給悲痛的人一絲慰藉。

站在林中,我胡思亂想,繼父知道我貪吃,從小愛吃桃子,便把自己的墳地選在這裡,他一定是希望貪吃的我,想吃桃子時,也能多來看看孤獨的他。

八十九　上墳

繼父去世的第二年，清明時節，我和弟弟早早地回到家中，準備為繼父上墳。母親說，她看到繼父的墳就會傷心，便要我和弟弟帶著小妹妹去掃墓。

母親聽別人說，家鄉上墳有規矩，一定要在天亮之前完成。所以，繼父去世的第一個清明節，我們兄弟姐妹三人，凌晨四點多就出發了。但那天奇怪得很，雖然能找到桃花盛開的桃園，但繼父的那個墳地，我們三個人就像迷失在裡面一樣，永遠也找不到。直到天光大亮，日出高照，我們也沒有找到。

回到家後，我們把情況如實告訴母親。讓我們非常意外的是，母親大為生氣，連連責罵我們三個大笨蛋，連這點事都辦不好。當母親罵累了，我們才在母親的帶領下，一起去為繼父的墳燒紙錢、添新土。

母親指揮著我們工作，她負責跟繼父對話：「老頭子，你放心吧！我們兒女都過得不錯，孩子們都孝順，家裡沒有什麼可以牽掛的。」

找不到繼父墳地這件蹊蹺的事情，一直存在，我們姐、弟、妹三個，無論是誰單獨去墳地，彷彿永遠都找不到，即使大家非常用心地記位子，也不行。我覺得，是繼父跟我們玩捉迷藏，他想念母親，所以，每次都需要有母親，我們才能順利完成祭拜。

聽了這段，娜娜用很重的手勁，捏了捏我的手指頭，她

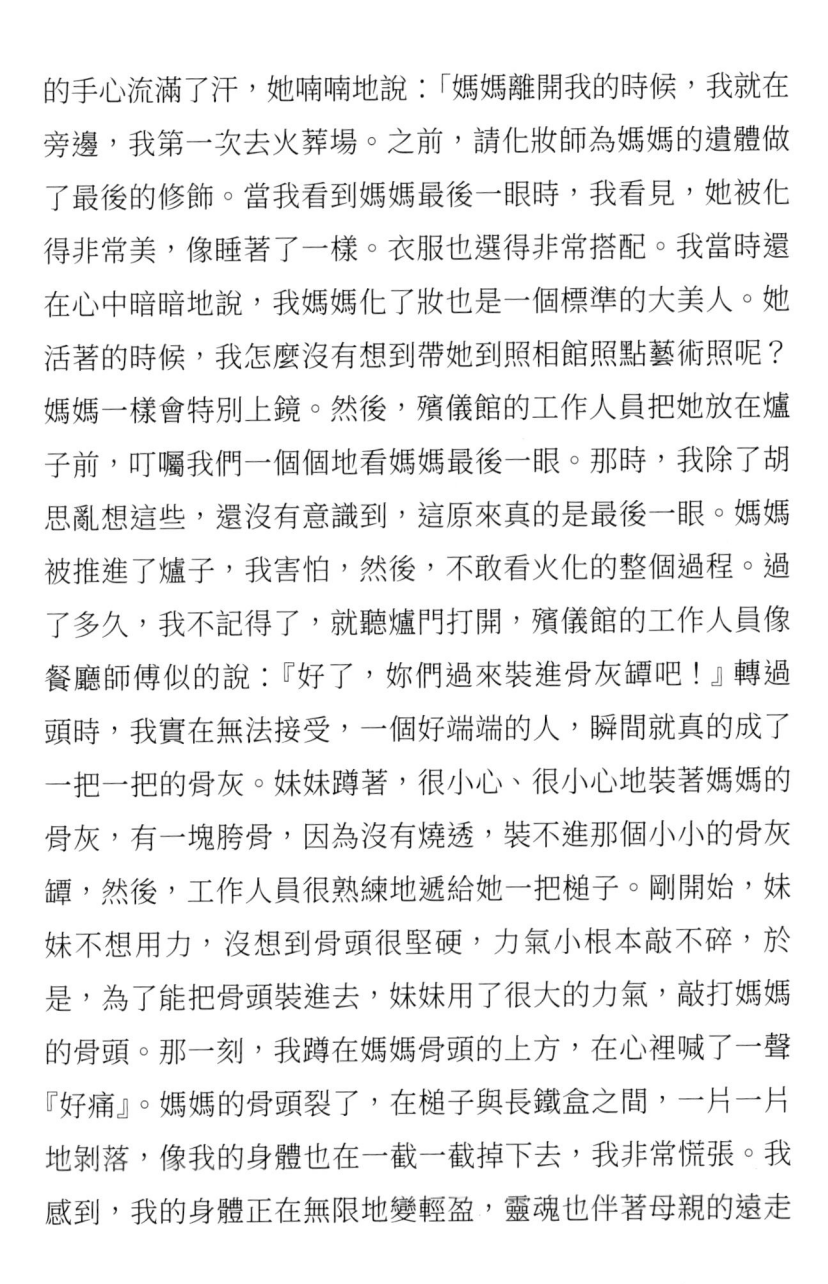

的手心流滿了汗,她喃喃地說:「媽媽離開我的時候,我就在旁邊,我第一次去火葬場。之前,請化妝師為媽媽的遺體做了最後的修飾。當我看到媽媽最後一眼時,我看見,她被化得非常美,像睡著了一樣。衣服也選得非常搭配。我當時還在心中暗暗地說,我媽媽化了妝也是一個標準的大美人。她活著的時候,我怎麼沒有想到帶她到照相館照點藝術照呢?媽媽一樣會特別上鏡。然後,殯儀館的工作人員把她放在爐子前,叮囑我們一個個地看媽媽最後一眼。那時,我除了胡思亂想這些,還沒有意識到,這原來真的是最後一眼。媽媽被推進了爐子,我害怕,然後,不敢看火化的整個過程。過了多久,我不記得了,就聽爐門打開,殯儀館的工作人員像餐廳師傅似的說:『好了,妳們過來裝進骨灰罈吧!』轉過頭時,我實在無法接受,一個好端端的人,瞬間就真的成了一把一把的骨灰。妹妹蹲著,很小心、很小心地裝著媽媽的骨灰,有一塊胯骨,因為沒有燒透,裝不進那個小小的骨灰罈,然後,工作人員很熟練地遞給她一把槌子。剛開始,妹妹不想用力,沒想到骨頭很堅硬,力氣小根本敲不碎,於是,為了能把骨頭裝進去,妹妹用了很大的力氣,敲打媽媽的骨頭。那一刻,我蹲在媽媽骨頭的上方,在心裡喊了一聲『好痛』。媽媽的骨頭裂了,在槌子與長鐵盒之間,一片一片地剝落,像我的身體也在一截一截掉下去,我非常慌張。我感到,我的身體正在無限地變輕盈,靈魂也伴著母親的遠走

而出竅。我突然意識到，我的生命到最後，留給世間的，也不過是一把槌子與一堆骨頭的敲擊碰撞聲⋯⋯」

娜娜掩面哭了起來。

「生命真的很渺小，也很脆弱，身體屬於我們，但有時人活著，真的不是為了自己。」看到娜娜開啟心扉跟我說她經歷的生離死別，我像個導師，在心中也醞釀著開口告訴她余威的事情。

哭了一會兒，娜娜停住了，良久，她輕聲說：「是的，如果僅僅為一段感情的不合適，就任性地放棄自己的生命，或者頹廢，太傻了⋯⋯」

那一刻，我看到她的眼睛開始閃著光。

「娜娜，還記得那個小燒肉店裡，那個孩子寫的詩歌嗎？〈燒不死的鳥就是鳳凰〉，我們就是一個普通的農村孩子，如果想擁有更多，就要像那個鳥一樣，熬到最後，才能遇到幸福啊！」我情不自禁地搖著娜娜的身體，大聲說。那一刻，我像個姐姐，也像個母親。娜娜顫抖著身體說：「是的，活著才能遇到幸福。我們一定要活過一百歲。」

「一言為定，我們做百歲人瑞，做活過一個世紀的好朋友。」

「好！」娜娜點著頭，她嚮往著未來的表情，極其漂亮。

九十　回家

　　發動車子，我們把汽車駛到娜娜父、母親的墳邊。獻上一大把絢爛的野花，我和娜娜向他們鞠了三個躬。然後，輕聲離開，不想打擾他們，也不想讓他們在地下再為我們操心。

　　我和娜娜終於要駛進村莊了。

　　路兩側正在抽穗的玉米地，碧綠碧綠的，散發著家鄉的味道。

　　打開天窗和側窗，我和娜娜慢慢、悠悠地開著，像小時候聞別人家院子裡飄出的肉香味一樣，貪婪地呼吸著。

　　「真舒服。」娜娜伸出脖子面向路邊，微閉著眼睛。

　　「這是一種讓人心安的環境。」我靜靜地說。

　　「經歷就是財富。妳的繼父去世後，妳這麼快地把自己嫁了，今天，妳後悔了嗎？」娜娜不經意間輕聲問我。

　　「後悔，也不後悔。就像張愛玲說的一樣，無論選擇白玫瑰還是紅玫瑰，最後都會成為一地雞毛，這就是無情的人生。所謂的好日子，首先讓自己過得精彩了，然後才能品評生活。」

　　突然間，我懂了自己年輕時不喜歡當老師是因為什麼了。那是因為自己沒有足夠的人生，沒有當老師的自信。今天，年過四十歲，我在經歷過各種人生風波和挫折後，終於

悟出了世間一點點所謂的「小道理」，我願意與娜娜分享，也願意與更多的人，在長長短短的人生路上分享！

「妳與他之間，感情怎麼樣？」娜娜盯著問我。

我如實地回答她：「湊合著過吧！中年女人的婚姻，大多數都是滿地狼藉。妳想想，兩個人過了十幾年了，就算是山珍海味，都恐怕吃得要噁心了，何況兩個不思進取的人經常生活在一起。就像那個經典的笑話，夫妻之間能過到白頭的祕訣，只有兩個，一個是『忍』，還有就是『一忍再忍』。」

娜娜「呵呵」地笑了，止不住地笑，一會兒趴在車子的儀表板上，一會兒仰在椅背上，笑中滿是淚水。

「麗麗，我知道了，這才是真正的生活……妳說的那個紅玫瑰呢？妳打算怎麼辦？」

「他是個意外，不算在我的生活裡。如果真的能重新選擇一次婚姻，我一定要好好談一次戀愛，和那個世上無雙、最最最相愛的男人結一次婚……」說這話時，我感到我的前方晴空萬里。

是的，回家了，人在回家的路上，一定不會迷失方向。二十年過去了，這個生養我的小村莊，格局基本上沒有變，但是家家戶戶的舊房子幾乎都翻新了。有些過得闊氣的鄰居，學著都市人，把普通農村磚瓦房蓋成了兩層小洋樓、小別墅。煥然一新的家鄉，一片欣欣向榮。

懷著激動和喜悅的心情，我和娜娜把車停在家門口，輕

輕地推開了久違的家門，六十多歲的母親不知道我們回來，夕陽下，她正坐在院子裡的躺椅上，閉著眼睛輕輕搖晃，像一尊佛，沉浸在過去、現在和未來……

「媽……」，娜娜替我喊了一聲，那軟軟的聲音裡，有無盡的對母親的親暱與懷念！

親愛的朋友，這就是我們的故事。有人說，人生就像一本書，當你最後跟世界說「再見」的時候，也就是讀到了書的尾聲。那時候，物質就顯得無關緊要了，什麼功名利祿，終會煙消雲散，整個生命留給我們的，只是記憶的片段。娜娜和她的男友最後怎麼樣了呢？我想留給大家猜一猜。最後，再次感謝真誠閱讀的你。我最親愛的朋友們，期待你們永遠支持！

國家圖書館出版品預行編目資料

燒不死的鳥就是鳳凰：兩代人的溫情與苦難，在生命的絳霞中尋找重生之光 / 席立娜 著. -- 第一版. -- 臺北市：複刻文化事業有限公司, 2024.08
面； 公分
POD 版
ISBN 978-626-7514-29-0(平裝)
857.7　　113011467

電子書購買

爽讀 APP

燒不死的鳥就是鳳凰：兩代人的溫情與苦難，在生命的絳霞中尋找重生之光

臉書

作　　者：	席立娜
發 行 人：	黃振庭
出 版 者：	複刻文化事業有限公司
發 行 者：	複刻文化事業有限公司
E - m a i l：	sonbookservice@gmail.com
粉 絲 頁：	https://www.facebook.com/sonbookss/
網　　址：	https://sonbook.net/
地　　址：	台北市中正區重慶南路一段 61 號 8 樓

8F., No.61, Sec. 1, Chongqing S. Rd., Zhongzheng Dist., Taipei City 100, Taiwan

電　　話：	(02) 2370-3310	傳　　真：	(02) 2388-1990
印　　刷：	京峯數位服務有限公司		
律師顧問：	廣華律師事務所 張珮琦律師		

-版權聲明

本書版權為淞博數字科技所有授權崧燁文化事業有限公司獨家發行電子書及紙本書。若有其他相關權利及授權需求請與本公司聯繫。

未經書面許可，不得複製、發行。

定　　價：399 元
發行日期：2024 年 08 月第一版
◎本書以 POD 印製
Design Assets from Freepik.com